藤井美代子　随筆集

小さな幸せ

―こぼれ梅―

目次

◆本文さし絵　阿見みどり

藤井美代子　随筆集

小さな幸せ

―こぼれ梅―

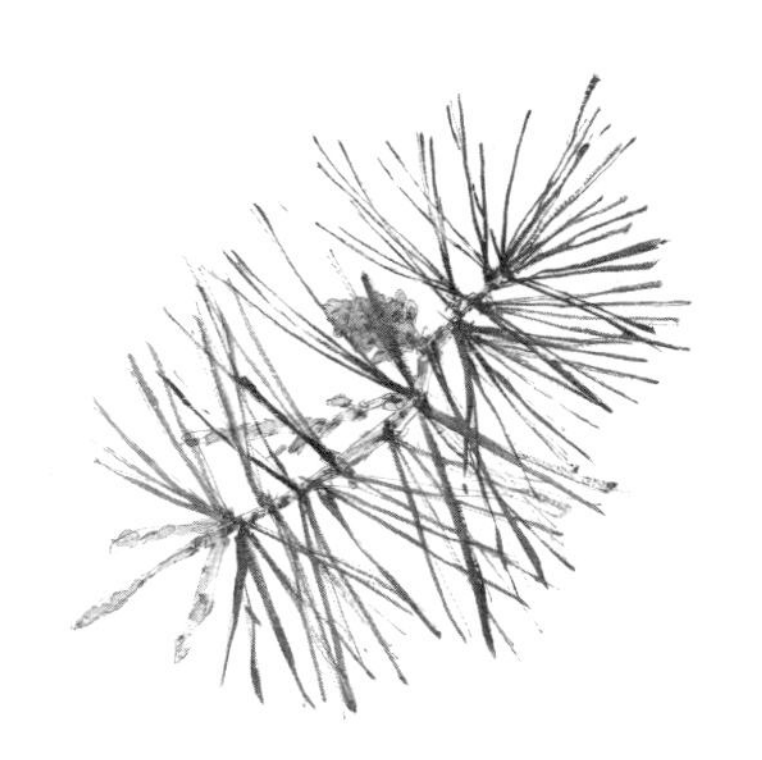

小さな幸せ

長い間あくせくと暮らしてきたが、人生も最終章に入った近頃、気力の衰えか、ある種の諦めか、時間的に余裕が出来たせいか、自分が少し穏やかになったような気がする。その為か極小さな現象にも目が向くようになって、ともすれば見過ごしがちなことにも感動して、美しいと思い、喜びと幸せを感じる。

夕日を浴びた花の色。ベランダのフェンスやガラス窓に走る水滴の面白さ。丘の上の住宅のガラスの一点に突然当たる太陽光線、それも2~3秒間。夕日と風が壁に作り出すシルエットの妙。神秘的な朝焼け夕焼けの空。好きな

ＣＤ音楽を聴きながら啜る一杯のお茶。ひと様のちょっとしたお心遣い。挙げるときりがない。私はこんな些細なことに、幸せを感じて毎日満足して暮らしている。

年々衰えてゆく感性を大切にして小さな小さな幸せを見つけて今年も生きてゆこうと思う。

こぼれ梅

人通りも疎(まば)らで、今にも雪でも舞いそうな、寒い寒い京都の町に「こぼれんめー」、「こぼれんめー」の売り声が流れる。

さして大きくないが、その声を耳にすると私は蓋物(ふたもの)の器(うつわ)を持ってとび出していく。

あちこちの家から器を持った子、持たない子供が集まって来て、ねじり鉢巻、法被(はっぴ)姿のおじさんをぐるりと取り囲む。

すると両天秤(てんびん)に担(かつ)いで来た真っ黒の漆塗(うるしぬ)りの岡持(おかもち)を、なるべく平らな地面を探して、そっと下(お)ろす。

そして重そうな蓋をゆっくり取る。

その中には真っ白でしっとりとした米粒がぎっしり入っている。

その瞬間に立ち上(のぼ)る匂いは、七十余年経った今も鼻の奥に鮮明に残っている。つんとくるアルコールの香りを含んだ甘い匂いだ。

白木の升に盛って器に入れてもらう。

器を持たない子は、白い紙をくるくる巻いて円錐状にして、器代わりにしてもらう。

その頃、これが味醂の搾り粕などとは全く知る由も無かったが、家に持ち帰り一匙口に入れると、仄かな甘さと僅かに残った酒の味が口中に広がる。

二匙三匙その独特な味は飽きない。

様々な菓子が身辺に溢れている今の時代に育った子供なら、見向きもしないだろうが「こぼれんめ」は美味しかった。

後年「梅こぼれる」「こぼれ梅」この言葉に出合った時、ふと頭を掠めたのは、子供の頃聞いた「こぼれんめー」の売り声だった。「こぼれんめ」とは、「こぼれ梅」のことだったのだ。何という迂闊さ。今にして思えば、地面にこぼれた白い米粒は、全く白梅の散る様そのものだったように思う。

それにしても味醂の搾り粕を「こぼれ梅」と名付け、又それを食した京都人の高い美意識奥床しさ、又もったいない精神につくづく感服するのである。


昭和初期の思い出。

めじろと蝉

六浦台団地の道路沿いの桜の木は、三十余年を経て、最近は桜の名所になっている。その桜の一本が私の家のベランダの目の下にある。

満開の頃には、居ながらにして美しい花を堪能（たんのう）させてもらっている。季節が移り、葉桜が日増しに濃い緑に変わり、やがて夏に入ると大きな緑陰を作ってくれる。夏の午後、ここに佇（たたず）むと、芝生を渡ってくる風は、涼しくて一息つける憩いの場所だ。

この桜の木に、春頃から小鳥が集まるようになった。昨年までは直ぐ横にあった欅（けやき）に来ていたのが、欅が伐採された為に場所を変えたようである。朝は、明け方から鳴き出して、小鳥の声に目の覚めることもしばしばである。開花を楽しみにしていた我家の薔薇の蕾を、全部食べられて口惜しい思いもした。

鳥類に関心の薄い私だが、双眼鏡を覗いてみると、その鳥はめじろだった。

そのめじろがこの頃来ないのである。どうも蝉（せみ）が鳴き出してからのような気がする。

八月に入ってからは、めじろに代わって蝉がうるさい位に鳴いている。ともすると真夜中にも声がする。以前は突然ひと声鳴いた後は静寂に戻ったものだが。これではめじろは休息したり、安眠できる筈がない。結局、めじろは蝉に追われて、欅から桜へ又何処かへねぐらを他に移したことになる。

少々迷惑だっためじろだけれど、今は同情している。間も無く夏も終り蝉は儚（はかな）い命を終えて地上から姿を消すが、めじろは戻ってくるだろうか？

来て欲しいような欲しくないようなちょっと複雑な気持ちだ。

苦学生、Y君

関東学院大学の学生が編集して定期的に発行している「マイタウン金沢八景」という小冊子がある。ページを繰っていると、目に止まったのは地方出身の大学生の一ヶ月の生活費は、十五万円が一般的だという記事だ。十五万円とは、ともすると親の生活を脅かし兼ねない金額ではないかと、自分の家計を顧みて思った。

その時ふと頭に浮かんだのはY君のことだ。Y君は息子の友人で、東北地方のお寺の長男である。両親は仏教系の大学に入れて、お寺を継がせる積もりだったが、その道を嫌ったY君は親の反対を押し切り、家をとび出し上京して、息子と同じ大学に入学した。当然、仕送りは無い。幸い国立大学の学費は安い。然し、奨学金だけで賄える筈がない。この様な状況でY君の学生生活がスタートした。

息子はY君のことをよく話題にした。服は一年中黒いもの、寒くなると下着の代わりに新聞紙を巻く、散髪は自分でする、下駄履き、食パンの耳をもらってくる、電気を止められると友人の下宿に転がり込む、等々。

私は、どうしてもY君と息子を重ね合わせるから哀れで胸が痛む。しかし、息子の話振りには全く暗さがなくて、むしろ家族で大笑いする程、面白くて明るいのである。そしてY君を取り巻く友人達の温かい目が感じられるのだ。けれども私はやはり可哀想でたまらない。「ご馳走するから連れてきなさい」、「Tシャツでもプレゼントしようか」二、三度言ってみたが、息子は何時も笑って取り合わない。

そのうち話の内容に変化が起きた。テレビと冷蔵庫を買った等々。聞いてみると、家庭教師を何口か持ち、長い休みには重労働の仕事にも就いたとのこと。四年生になると何とヨーロッパ旅行までした。これには私もビックリ仰天したが、拍手喝采を送った。

長かった四年間が過ぎて、みんな無事に卒業した。Y君は一流企業に就職した。私は以前、Y君に対して安易な同情をしたことを恥じた。息子は初めから逆境にも笑って耐え抜くY君の本質を見抜いていたのだ。

その後、息子は結婚して家を出た為に、Y君の消息を耳にすることもなくなった。今度会ったら聞いてみよう。あの不屈の精神の持ち主のこと故、輝かしい人生を歩んでいることに間違いはないと思う。

現在親の仕送りを受けて、恵まれた大学生活を送っている学生が私のこの文章を読んだとしたら、どの様な反応を示すのか大いに興味がある。

思い出の夏

ひさびさに夏の京都駅に下り立つと、湿度の高い熱い空気がどっと体にまとわりつく。しかし姉の家に一歩入ると、全身の汗が一気に引いて生き返ったようになる。

姉は、夏の間は一階も二階もクーラーはかけっ放しだという。「それでは電気代が嵩(かさ)むでしょう」と、私は気になる。すると「そんなこといってられません」と、姉と甥は異口同音に返事する。この暑さでは無理もないなあと私は納得する。

しかし私も二十数年京都に暮らしたが、クーラーも冷蔵庫も無い時代どんな夏を過ごしていたのか思い返してみた。

七月の声を聞くと障子、間仕切りの襖は全部取り外され、すだれがあちらこちら吊される。風鈴も出てくる。みんなの集まる茶の間にはトムシロ（籐莚）が敷きつめられる。年代もので、もう飴色になっているが素足で踏む感触は心地よい。座布団も小さくて薄いものに変わる。白麻で作られていて、これも少々黄ばんでいるがさらりとして膚ざわりがよい。部屋の隅の方に家族と客用のうちわが太い竹筒にさして置かれる。唯一の電化製品といえば黒くて左右に首を振るだけの、少々音のうるさい扇風機。トムシロを敷いた部屋は少し陰気な感じがするが、それが又涼しげでもあった。父は云っていた。電気は必要以上につけない方が涼しいと。祇園祭が終わるまでは、カッパが出るから水辺には近づけない。

目前に夏休みが迫っている。プールの水泳、一寸足を延ばして木津川（百人一首に詠まれているいづみ川）の水遊び、たまには遠出して琵琶湖の海水浴。思うだけで胸がわくわくだ。その頃真っ白に洗い上げた白木の手押し車で、チリンチリンと「わらび餅や」がやってくる。さっぱりした舌触りで黄粉も香ばしい。かき氷屋も開店する。なるべく溶け出さない様に強く押さえつけ山形にしてくれる。二色の蜜をかけてもらい、急いで持ち帰る。

地下水の豊富な京都では井戸のある家が多く、お茶、西瓜、まくわ瓜などが冷やしてある。これも嬉しい。夏の間だけ夜遊びがゆるされる。うす暗い家の前に床机（しょうぎ）を持ち出して、女学生の姉たちは出て来ないので父と二人で涼んでいると、風呂上がりに、首とおでこを天花粉で真っ白にした子供達が寄ってくる。線香花火をしたり、つかまえ（鬼ごっこ）をしたり夜遊びは楽しい。しかしそれも八時まで。大人達はかなり遅い時間まで、戸口を開いて風を通してくれていたのか、寝苦しかった記憶はない。

現在地球温暖化で昔より気温が上がっていることは確かだが、クーラーや冷蔵庫のみに依存することなく、先人のようにフルに五感を働かせ、知恵をしぼって暑さ対策に取り組みたいものだ。大切な地球の為にも。

金沢八景の夜景

私の家のベランダから金沢八景の街の夜景が一望出来る。

今から三十数年前当地に移り住んだ最初の夜に私はこの夜景に出会った。小さな町のこととて規模は小さくて、色とりどりのネオンが点滅するというような華麗さは無いけれども、暗い夜空にぽっかり浮かび上がった町は、光に情緒があって何故か懐かしい感じだ。

日本三大夜景の函館・神戸・長崎には到底及ぶべくも無いが、私はこの夜景が好きになった。

毎夜眺めていると、その時の自分自身の心の在り方によって、華やいで見えたり、もの悲しく見えたり郷愁をそそられたりするのである。

輝き方も季節によって異なる。春から夏にかけては何となくやわらかく、うるんで見える。

一月二月の凍りつくような、夜更けのネオンのきらめきは、一際（ひときわ）冴えて硬質な輝きとでもいうのか、ダイヤのようにキラキラ光る。

私は寒さを忘れて暫く見とれてしまう。

けれども最近少々様変わりしてきた。町の周辺に住宅やマンションが建設されたり、赤い光が一晩中点滅する塔があちらこちらに立ったり、関東学院の前を流れる、侍従川の両岸に街燈が付設されて、川筋がはっきり見えるようになったりしてきた。

街が次第に開発されて、光が拡散してしまったのだ。開発は望ましいことだが、長い年月に様々な思いで見てきた夜景が変わってゆくのは、大切な思い出が消えてゆくようで私としてはちょっと残念である。

神武寺道の桜

大分以前のこと。地域の、あるタウン紙の花便りに、神武寺裏参道の桜の紹介があった。

それから二、三年経ったある日、私は外出の帰りに逗子線に乗っていて、窓外の満開の桜を目で追っていた。

その時、突然閃いたのは何時かのタウン紙の記事だった。

後先のことを考える間も無く電車は六浦駅を通過して次の神武寺駅に着いていた。既にあたりには夕方の気配が漂っていて、少々のためらいはあったが目的地に向かって足を早めた。

目当ての逗子中学校の前に立った私は思わず息を呑んだ。

神武寺へと続く細く長い道は満開の桜に覆われている。木の幹を軽く叩くだけでハラハラと散りそうだ。

「満を持する」とはこのような状態をいうのかも知れない。

暮れなずむ空はまだ薄い水色を残している。

その空をバックにして白ともうす紅とも灰色とも、昼間の太陽光線の下では決して見ることの出来ない不思議な色を醸し出している。

その妖しいような美しさに魅せられて一歩一歩奥へと歩いていった。

あたりは静寂で人の影は全く無い。

その時、何かゾクッとするものを感じて全身に鳥肌の立つのを覚えた。

そうだこれは妖艶な桜の精に取りつかれたのではないか。そう思った瞬間急に恐ろしくなって元来た道を駅へと駆け出した。

そういえば昔読んだ宇野千代著の「薄墨の桜」にも似た様な一節があったように思う。

その後山裾に老人ホームが建って、道路拡張のため桜の木は全部伐採されて今はあとかたも無い。

しかし私の瞼の奥には今も鮮明に生きている。

おはるさん

おはるさんを尋ねる時は裏口からである。今日も同級生の菊ちゃんと裏木戸からそっと中に入る。そこはかなり広い庭先であるが、あまり手入れされていない。中央にヒョウタン形の池があり、緋鯉のゆらりと動く影を見ることがある。奥の方の隅にはお稲荷さんの小さな祠があり、陶製の白い狐が二匹こちらを見ている。

半ば地面に埋もれた飛び石を渡ってゆくと、スリガラスのはまった部屋がある。二人はその前で「おはるさん」と呼ぶ。一寸間をおいてガラス戸が少し開く。すると私達は「にんぎょさんこしらえて」と、なんば（トウモロコシ）の皮を差し出す。おはるさんは戸を広く開けて、二人を縁側に上げてくれる。

針箱を縁側に持ち出したおはるさんは、皮の乾き具合を確かめる。生でも乾きすぎてもいけないのだ。そして二人に髪型の希望を聞く。私は桃割れ、菊ちゃんは島田。皮をそれぞれの大きさに切ったり、切り込みを入れたり、糸で結んだり、器用な手つきで人形作りが始まる。二人は身を乗り出して、その手許をのぞき込んでいる。髪と顔が出来上がると胴体だ。両手の平に挟み込み錐を揉むようにくるくる巻いて、それに着物を着せて帯を結べば出来上がり。

最後に箸を使って前髪やビンの部分をふっくらとさせる。皮には縦に繊維が通っているので思い通りに型づけられる。「はい」と人形を手渡されると、二人は「おおきに」と言って一目散に元の木戸に向かって駆け出す。早く人形遊びがしたいからだ。

おはるさんとは、どのような人だったのかと考えるようになったのは後年のことだ。多分三十才位で美人系の顔だが、色白で弱弱しい。浴衣地で作ったモンペを穿いているが歩く姿を見たことが無い。背中に大きなふくらみがあり、何時も立膝座りだった。総合して推測してみると脊椎（せきつい）カリエスでも患ったのかもしれない。

不思議なことにおはるさんの記憶は人形のことだけでプツンと切れている。菊ちゃんは京都府立第二高女に入学したがその年の夏病死した。

先日、福岡に住む四才年上の姉に聞いてみたところ、おはるさんに会ったことは無いが、人形は見た記憶があると言った。とうもろこしを食べたり、テレビに力士の髪を結う床山さんの櫛使いが写ると、ふとおはるさんのことを思い出す。私にとっておはるさんはなつかしい人だ。そして幻の人だ。

秋二題

よく晴れた日の夕方、六浦南小学校に夕日が射します。校舎全体に当たることもあり右側だけのこともあります。季節や時間帯によって様々ですが、まるでお伽噺の国のお城のように光り輝きます。あまりの美しさについ台所仕事の手を止めてみとれてしまいます。

丘の上小学校の秋夕焼け

杖をついてゆっくり歩いていますと、虫達は私を憐れと見るのでしょうか、親しげに近寄ってきます。

蜻蛉のつと肩先に触れゆけり

四つ葉のクローバー

私の家の本棚に表紙が赤色の漢和辞典と、紺色の広辞林が並んでいる。ちなみに定價3円80銭と3円40銭と記してある。七十年近く前に購入したもので手垢で汚れ、かなり傷んでいる。長い間お世話になったが、あまりの部厚さに使い辛くて、何時の頃からかつい軽い方に手が伸びている。

ところが先日難しい漢字に出会って久し振りに取り出すとその匂いも懐かしい。ぺらぺら繰っていると薄い紙に包まれたものがはらりと落ちた。開いてみると茶褐色に変色した四つ葉のクローバーだ。

みるみる思いは楽しかった学生時代に立ち戻る。

古い木造校舎の中庭はクローバーで覆われていた。五月の陽光のまぶしい日には昼休み、その半分日陰の草の上に靴などぬぎ捨てて座り込み四つ葉を探した。

そんな時の話題はS（sister）のこと、先生のニックネーム作り、次の日曜日の計画等たわいの無いことばかりだ。しゃべりながらも手は四つ葉探しに忙しい。初め気持ち良かった草の冷（ひ）いやり感は次第に体に滲（にじ）んできて昼休みの終わる頃には早く太陽の下（もと）に出てゆきたくなる。今日も四つ葉は見つからない。こんなことが度々。

今、手許にあるクローバーを、よく見ると葉四枚の内一枚は成長がおそくて極めて小さい。しかし紛れもなく四つ葉のクローバーだ。これを見つけてみんなで歓声を上げた時のことは、まるで昨日のことのように覚えている。私は大切に持ち帰り押葉にしたのだ。

長い間眠っていたこの四つ葉。そっと包んで又元の辞書に挟んだ。そして「希望、信仰、愛情のしるし、残る一葉は幸よ」と女学生唱歌を口ずさんだ。

蜘蛛と芋虫

十月に入っても真夏を思わせる太陽が照りつけていたある日、私は洗濯物を干す為にベランダに出た。その時、植木鉢の間に何か動くものが目に入った。腰をかがめてのぞき込むと、蜘蛛が芋虫の尾をしっかり押さえつけている。マッチ棒の先程の体に、一センチの長さの足を持った小さな蜘蛛が、ストローを三センチ位の長さに切った大きさの芋虫を襲っているのだ。

しばらくすると、毒でも注入し終えたのか急に植木鉢のふちにかけ登った。しかし急いで降りて来て、芋虫の尾に糸を絡めると又鉢にかけ登った。登っては降り、登っては降り、その動きの素早いこと。何十回もこの作業を繰り返す内に、蜘蛛は鉢と鉢の間に自分の巣を作り上げた。芋虫は次第に身動きがとれなくなり、体をくねらせたり、丸まったりして何とか糸から脱出しようともがくがだんだん体力が落ちてくるのが分かる。蜘蛛は巣が出来上がるともう下へは降りて来ない。巣に留まって上から糸を操作して芋虫の尾を持ち上げて巣に引き込もうとする。芋虫は体が宙に浮くため益々もがき続ける。初めは興味半分に虫の世界の過酷な現実を眺めていたが、見ているうちに芋虫が哀れになってきて、私は糸をプツンと切った。糸から解放された芋虫は礼も言わずに大急ぎで逃げ去った。「蜘蛛君ごめん折角の苦労を水の泡にして」お陰で私の首筋はヒリヒリ。朝の仕事は一時間も遅れてしまった。

残心

暦の上では間もなく大寒に入る。

寒の声を聞くと思い出すのは長刀と木剣（木刀と同じ）の寒稽古のことだ。早朝に起き出して、白木綿の上着。黒袴。白鉢巻。という出で立ちで道場に駆けつける。前日から汲み置いた水には薄い氷が張っている。それを砕いて道場の床掃除だ。その冷たさと辛さは今思い出しても身震いする程だ。

終ると正座して先生を待つ。間も無く初老の直神陰流の女性師範が入って来られる。上は黒で濃紺の袴姿だ。稽古開始。素振りに始まり、その後、型に入る。一つの型が終る度に必ず「残心」と声がかかる。するといっせいにもう一度ゆっくり重々しく構え直してその型が終る。

私は、この「残心」とは一つの型の終了後に、ただ形式的に行う所作なのだと以前から思っていた。ところがある日「残心」の意味に就いて話があった。今、命がけで戦った相手が息を吹き返して、再び自分に襲いかかって来るかも知れない。それを油断なく見定める所作なのだと。私は成程と以後は心を込めて「残心」を行うようになった。

　先生の話は続いて、我々が社会生活や日常生活をする上に於いて、今、自分の取った行動をちょっと振り返ってみる心掛けが欲しいものだと。そして二、三の例を挙げられた。野外でお弁当を使って立ち去る時。トイレを使用した後、何か粗相は無かったか。電車を降りる時忘れ物はしてないか、等々。私は考えた。工場廃液を海に流した為に生じたミナマタ病問題。富士山が世界遺産の登録に漏れたのはごみの為だと聞く。海水浴シーズンの終った砂浜の汚れ等。総て「残心」で解釈することばかりだ。かつて訪れた尾瀬ヶ原の、ごみ一つないあの清々しいまでの美しさは、今も目に焼きついている。「残心」即ちマナーとモラルを各人が守って、美しく、住み良い国にしたいものだ。

目白の贈りもの

昨年の夏頃。ベランダの植木鉢にさんしょの木が芽生えた。植えた覚えの無い木が、この春には三十糎(センチ)位に成長して、今みずみずしい葉が芽ぶき、独特のいい香りを放っている。

夫の郷里（京都の鞍馬の奥）の山に入ると、この匂いに包まれるのを思い出す。

元来、さんしょ好きの私は嬉しくて、筍の木の芽和え、若竹煮のあしらい、さんしょ味噌、料理の盛り付けにと毎日のように利用している。

だがこの木は一体どこからきたのかと考えた。この時ふと目白の姿が私の脳裡をよぎった。昨年の春、一日にしてばらの蕾を全滅させて、私を悲しませたことを思い出した。

あの時、目白たちが種を落として行ってくれたのだ。それに間違いない。この春はばらの蕾を、どうして守ろうかと思っていた矢先き、うぐいす色で、目の回りの白い目白が急に愛しくなって、少し位食べられても仕方が無いかと、日増しにふくらんでゆく蕾を眺めながら思うようになった。

こんな寛大な気持ちになった自分に驚いている昨日今日である。

「琵琶湖哀歌」によせて

昭和十六年の早春、私達学校の寄宿舎に衝撃が走った。金沢の第四高等学校（旧制）のボート部の学生十三人が琵琶湖で遭難して全員死亡したというニュースである。

関西地方では三月十二日の奈良東大寺、二月堂のお水取りが終ると春が来るという言い習わしがあるが、琵琶湖の春の訪れは遅く、桜の開花も一ヶ月近くおくれる。

湖の西方比良山系から吹き降ろす強風は湖を直撃する。ボートはこの風に呑み込まれたのに違いない。どうしてこの時期に湖に出たのか？　春の到来を待ち切れなかったのか？　卒業を目前に控えていた為か？

遭難した学生は私達と同年代であり、又琵琶湖は京都から電車で三十分の距離にあり、親近感も極めて強く、この事件は大きな関心事であった。

間も無く「琵琶湖哀歌」が発表された。「遠く霞むは彦根城、波に暮れゆく竹生島……」

私達も青春の真っ只中、異性に対する関心もそろそろ。（昔はおそかった）歌詞の風景は総て目に浮かぶ。その上、何よりも哀調を帯びたメロディー。この歌が私達の心を打たない訳が無い。

どの部屋からも「三井の晩鐘音絶えて、なにすすりなく浜千鳥……」と歌声が流れた。私の部屋でも乙女の感傷とでもいうのか時には涙しながら、しんみりと「雄々しき姿よ今いづこ、ああ青春の若人よ……」と情感をたっぷり込めて歌ったものだ。今でもこの曲を口ずさむと胸がきゅっと熱くなって、眼前に琵琶湖の風景がぱっと広がる。

しかしあの時代、この歌は流行歌と見なされたのか、直ぐに寄宿舎内で歌うことが禁止された。それでもみんな小声で毎日歌った。

我が家の洗濯機

当年二十六才の洗濯機は今日も軽やかに回っている。

昭和五十七年の春。冷蔵庫、テレビ、洗濯機が相次いで故障した。六月に息子の結婚式を控えて何かと出費の多い時期であったので、この不運を嘆いたことをよく記憶している。

間も無くやってきたのが、当時華々しくデビューした「HITACHIの青空」二層式、自動排水、容量二・二kg、機能は標準とソフトのみ。極めてシンプルでコンパクトな製品である。オフホワイトのピカピカ光るこの洗濯機が搬入された時は、ほんとうに嬉しかった。

あれから二十六年過ぎたが一度の故障も無い。敢て挙げれば、脱水層の蓋を開けた時、本来ならば同時に回転が止まる筈だが十秒程待たなければならない。

ある時私は電気屋さんに云った。「日立の製品は丈夫ですね。塗装もしっかりしているし」と。すると電気屋さん曰く「洗濯機はモーターさえ酷使しなければ長くもちます」と。成程私は洗濯物の少量の時でも毎日回して大量には洗わない。これが故障しない原因のようだ。

　そのうち、子供達は私の労力を見兼ねて、全自動のものをしきりに勧める。その効率のよさを聞いていると次第に心が動いて買い替えの決心をする。翌日電気屋さんに「洗濯機のカタログを見せて下さい」と電話すると直ぐに届く。あれこれ検討して漸く決まり注文する運びとなる。するとこの頃から私の心の奥で、もったいない、もったいないという思いが首をもたげてくる。そしてこの洗濯機が廃棄物置場で雨ざらしになっている哀れな姿が想像される。やっぱり買替えは中止にしよう。早速「済みません。もう少し使ってみます」と電気屋さんに電話する。このようなことの繰り返しが二、三度あって今に至っている。テンビや冷蔵庫はその間に二度も新しくなっている。電気屋さんは閉店された。私は相変わらず何事も無かったかの如く毎日ご機嫌でまわしている。ことによるとこの洗濯機、私よりも寿命は永いかも知れない。

芝生の草々

とりどりの色して新芽出揃ひぬ

ついこの間、こんな俳句を詠んで色鮮やかな新緑を愛でていたが、五月も中旬に入ると周囲は濃い緑一色に変わってしまう。心地よい若葉風に誘われて前の芝生にそっと入ってみた。菫（すみれ）は早々と姿を消して、今は一面「ニワゼキショウ」に覆われている。北米原産の帰化植物らしいが、二、三年前から定着している。ピンクの小花が風にそよぐ様は、可憐で繊細で暫し見とれてしまう。そしてちょっと目線を変えると見覚えのある草が次々と目に入ってくる。挙げてみると、白つめ草、春ジュオン、母子草、父子草、烏のえんどう、かたばみ、はこべ、タンポポ、豆草、雀の槍、きゅうり草、なずな、大犬のふぐり、おにたびらこ、植物に就いての知識に乏しい私でさえこれだけ見つけることが出来た。詳しい人ならもっと数は増えることだろう。雑草という植物は無い。みんな名前を持っている。とおっしゃった昭和天皇のお言葉が脳裡をよぎった。先日、八号棟にお住まいの友人から「ニセアカシアの木に花が咲きました」との知らせを受けて早速出掛けた。団地内でこの花を見るのは初めてで、クリーム色の美しい房に感動した。その時芝生に目を落とすと、濃い紫色の立浪草が、足の踏み場も無い位咲いていた。四号棟の芝生には全く見ない花だ。私は芝生によって生える草に違いのあることを知った。そのうち他の棟の芝生にも入ってみたいと思うが、子供なら兎も角、大人が入って行くには残念ながら少々ためらいがある。

凌霄(のうぜん)かずら

古い木造校舎に春先から太い蔓性の植物が這い上がり、夏になると大きい葉が校舎を覆う。ある時「この植物は中国渡来のものでのうぜんかずらという真夏に花が咲きます」と先生から教わった。けれども夏休みの間に咲く為に一度も花を見たことが無い。唯、何という床しい名前を持つ植物だろうと記憶に残った。

それから三十余年の月日が流れ当地に移り住んだ。ある日「鎌倉花の四季」という小冊子を開いてみると、「妙本寺の凌霄かずら」という文字が目に入った。みるみるその名前が脳の奥底から甦ってきて、食い入るように読んでみると「比企ヶ谷(ひきがやつ)の妙本寺の凌霄かずらは鎌倉随一」とあった。

花の咲くのを待ち兼ねて尋ねることにした。その日は生憎の小雨であったが、気温は低く凌(しの)ぎ易かった。鎌倉一（日蓮宗系）の寺領を有する妙本寺。両側を高い杉木立に挟まれた長い参道は昼間でも薄暗く、仄(ほの)かに明るいのは咲き残った紫陽花。時々老鶯の声もする。目指すものはどの辺りかと思いつゝ山門を潜った。

広大な境内は雨に煙り祖師堂もかすんで見える。そんな中唯一、スポットライトを浴びたように際立って明るい場所があった。それが凌霄かずらの棚だった。かなり大きい円形の高い棚に鮮やかなオレンジ色の花が絡まっていて、その周囲から沢山花をつけた長い蔓が垂れ下がって揺れている。又地面には今落ちたばかりの花が美しい円を描いて雨に濡れている。全く人影の無い山門にもたれて、私と友人はあまりの感動に言葉も無かった。私の描いていた花のイメージとは大分違っていたが、妙本寺の持つ悲惨な歴史を想う時、この花の明るさが僅かながらも救いとなっているような気がした。

数年前から六浦でもあちこちで見かけるようになったが、花が小振りだったり、花色が濃かったりで同種類のものがあるのかも知れないと私は思っている。

忘れ得ぬ思い出

先頃友愛会主催のお茶会が開かれてお招きを受けた。会の終わりに全員で「夏の思い出」を歌うことになった。私も大好きな曲を大声で歌ったが、その半ばから心は尾瀬ヶ原にとんでいた。

五十五才頃。八月下旬に娘と二人で尾瀬ヶ原に旅をした。出発前日の暴風雨も翌日は台風一過の快晴。JRの電車とバスを乗り継いで、午後一時頃に尾瀬ヶ原への出発地点「山ノ鼻」に到着した。そこにはハイカーが数十人いて三々五々湿原に入って行った。私達もその後に続いた。念願の地に足を踏み入れた喜びに、足取りも軽く木道を進んだ。

遮る(さえぎ)ものとて無い見渡す限りの湿原。太陽は燦(さん)々と輝き、はるか彼方に白樺の林、その向こうに至仏山。真っ青な空にははや秋の雲が悠々と流れて、無数の池塘(とう)（小さな池）に影を映している。水バショウや日光キスゲの咲く頃の華やかさは無いけれど、夏の終わりを彩る花々が懸命に咲き誇っている。

吾亦紅の群落は爽やかな風にそよぎ、可憐な梅バチ草、ミズ菊はひっそりと。中でも池塘に浮かぶ、鮮やかな黄色の尾瀬コウホネや純白の羊草（羊の時刻にのみ開く）が、水に揺れる風情は圧巻だ。私たちは夢中になって、総てを八ミリカメラに収めた。

そのうち、ふと我に返って辺りを見渡すと人の姿は全く無く、広大な湿原の中に二人はぽつんと立っていた。途端に不安と心細さが二人を襲った。時刻は三時過ぎ、道草を喰い過ぎたのだ。道程はまだ半ば。標高一四〇〇米の高地の日暮れは早く、太陽の輝きも少し陰りを見せ始めた。もう歩くしかない。二人は果てし無く続く木道をひたすら歩いた。赤とんぼの乱舞も、浮き島のゆらぎにも、目もくれず黙々と歩いた。遂に誰に会うこともなく一時間後に今日の宿、東電小屋が見えた時の嬉しさは今でも忘れることは無い。

その後、何度も尾瀬に行く機会はあったが、あの思い出を大切にして二度と行くことは無かった。私は何度も言う。「八月の終わりの尾瀬ヶ原は静かで素晴らしいですよ」と。

京言葉

京都に住む姉の家では、来客があると食事の場所を茶の間から座敷に移す。その日も久し振りに訪れた私の為に、夕食は座敷に用意された。四方山話に花が咲いて賑やかな食事が始まる。その中に入ると、私も自然に京言葉が口から飛び出して自分でも驚いてしまう。

食事が終って甥の嫁が片付け始めた時、私の横に座っていた姉が箸を付けていない一皿を指差して、「これは明日(あした)よばれます」と云った。嫁は了解して下げていった。姉も嫁も京都生まれの京都育ち故、この意味は通じているのだ。この場合、「申し訳無いけどこれはいらない」と云っているのだ。久しく聞くことの無かったこの言葉。なるべく角を立てることなく、耳あたりの柔らかな云い方に私は今更ながら感心した。

京都にはこれに類する言葉が多々ある。要するに婉曲(えんきょく)に、言外にものを云うのだ。私も店に入って、あれこれ物色した揚句買わずに出るときなど、「一回りして又来ます」とか「この次もらいます」とか云う。すると「お待ちしてます」と言葉が返ってくる。又来る積りも無い私は、胸の奥がチクリと痛くなって急いで立ち去る。先日も郵便局員が来て、少々無理な頼みごとをするので、私は「考えさせて下さい」と、断った積りなのに二三日後に又訪ねて来る。このようなことが屡々ある。

　そこで私は気が付いた。人間関係を円滑に運ぶ京都の言葉や習慣は、極めて貴重なものだが悪徳商人が横行する昨今、これはトラブルの元になり兼ねない。又この曖昧な言葉を使う傾向は日本人全体にもあって、イエス、ノー、をはっきり云う外国人は時々戸惑うと云う。今後はその場の状況をよく把握して、努めて明快な言葉遣いに改めようと思っている。

　因みに、我が家では食事の時に残すと「明日よばれます」という。

　これは言葉通りの意味である。

嬉しい贈りもの（地球儀）

去る九月十五日敬老の日のこと、一人で留守居をしていると、大きな段ボールの箱が宅配便で届いた。差出人は同居している娘と孫からだ。事前に何の話も無かったが開けてみることにした。嵩の割には軽い箱だが包装は厳重で取り出すのに苦労した。中身は大きな地球儀だ。

今、何故地球儀なのかとちょっと考えたが思い当った。この間の北京オリンピックの入場行進をテレビで見ながら、名前も知らない国の多さに驚き、「最新の世界地図が欲しい」と呟いていたのだ。その独り言を聞いたのに違いない。今一番欲しかったものを贈ってくれた二人に心から感謝した。

それから二ヶ月。私は毎日地球儀をくるくる廻して遊んでいるが、面白くて時の経つのも忘れてしまう。何百年の文化を誇る古い国、飢餓と貧困に苦しむアフリカ大陸やアジアの国々、多くの国が微妙に入り組むヨーロッパ諸国、気候が逆な南半球、広大な北アメリカ大陸、北極、南極、かつて日本の軍隊が進攻した南方の島々。次々と思いは広がってゆく。最後は国土の狭い日本列島を眺めつつ、不平不満は多々あるが兎に角平和で、概して治安は良好、衣食は満ち足り、その上四季の変化に富む美しい国だと再認識した。

　地球は大宇宙を自転しつゝ、太陽のまわりを一年に一回の割合で回っている。この運動を何億年も繰り返していると思うと不思議な気がする。その間（かん）には氷河期もあり恐竜は絶滅した。北極では気温が五度上昇したという昨今、将来猛暑に襲われる可能性もある。地球は今悲鳴を挙げている。その声を世界中が真摯に受け止めて、この美しい地球を守り抜きたいものだ。地球儀のお陰で井の中の蛙（かわず）がそっと大海を覗き見したような私、これからも毎日飽きることなくくるくる廻すことだろう。

思い出のひと齣（こま）（昭和天皇）

今年は平成二十一年。ということは昭和天皇が崩御されてから満二十年過ぎたことになる。

人生の大半を昭和時代にすごした私は、天皇陛下といえばやはり昭和天皇を思い浮かべる。ご在位中は、戦争の時代が長くて、御苦労が多かったが、戦後は笑みを湛えた穏やかなお顔を、何時も拝見するようになった。しかし私は、そのお顔があの暗い時代の記憶のひと齣につながるのである。

昭和十八年十二月の中旬のある日。一日の授業が終ってほっとしていると、校内放送が流れた。「帰り支度をして直ちに校庭に集合すること」。突然のこと故、何事かと思いながら指示に従った。すると「これから京都御所にお入りになる天皇陛下をお迎えにゆきます。私語は慎むこと」と告げられた。着いたのは京都駅前からまっすぐに伸びる烏丸通り。他の学校の生徒も大勢来ていた。暮色の漂い始めた京都の町は、寒くて立っていると足元から深々と冷気が這い上がってくる。当時、オーバーの着用は禁止されていた為に尚のこと。その上無言ときているから、その雰囲気は重苦しくて益々寒さを助長する。

待つこと暫し。町に電燈がともり始めた頃にお車が見えた。最敬礼して頭を上げた時、前を陛下がお通りになった。軍服姿で正面を見据えておられたが、その苦渋に満ちた沈痛な面持ちに、私は胸をつかれた。そのお顔は今も目の奥に焼きついている。戦局も次第に悪化の一途を辿るころであった。陛下は御心痛の余り、伊勢の皇大神宮と伏見の桃山御陵に、お忍びで御参拝になったのだ。元々御意志に反しての戦争であったので、その御無念、御苦悩は如何ばかりであったかとお察しする。

敗戦直後の御心労も、私共国民はよく存じ上げている。その後、平和な時代が訪れて、平服を召され御研究や御趣味に没頭されているお姿を拝見する度に、お幸せそうで良かったと心より嬉しく思いながら、またしてもあの時のひと齣を思い出している。

鉄塔

私の家の前に、大きな鉄塔が立っている。移り住んだ頃に立っていたものは、室内からでもその尖端(せんたん)を見ることが出来たが、今のものに変わってからは、ベランダに出て、首を突き出し見上げなければ見ることが出来ない。

何時のころか、その回りを烏がさかんに飛び交うので、不思議に思い双眼鏡で覗いてみると、かなり上部に巣作りをしていた。しかし何か不具合でもあったのか、その年一回限りであった。昼間は唯、高いだけの、何の変哲もない鉄塔だが、夜になると、その姿が様々に変るのだ。真っ暗な曇り空に黒々として、いかつい姿で立つ様は異様でまるで怪物のようだ。よく晴れた日の夜は、白色とも銀色ともつかないボーッとした色の光を放つのだ。光る部分は塔の上部三分の一であったり、二分の一であったりで全体が光ることはごく稀である。真夜中に目覚めてその幻想的な塔の姿を見ると、これが自然の成せる業かと感動する。時には塔の内部で星がきらめくことも、ヘリコプターのライトが点滅することもある。先月のこと、尖端に黄色の丸い月をいただいたが、始めて見る光景であった（これは日没直後のこと）。私は、このような現象を、月の光が関係していて、月齢に応じて塔の光り方に強弱が生じるのだろうと勝手に解釈していた。ところがこの考え方が見事に覆された。昨年十二月、三日月の夜に塔は根元からそれも、電線まで光った。私はそのメカニズムが全く分からなくなった。

小学生のころ、プラネタリウムを見て天体の不思議さ、美しさ、面白さに感動したが、その道にでも進んでいれば、この謎も難なく解けることだろう。どなたか教えて下さい。

さて今夜の鉄塔は私の前にどんな姿を現すことか楽しみだ。

欅の受難

晩秋のある朝、何時ものように食事の片付けをしていると、突然キーンという、高い金属音が耳にとび込んできた。何事かと急いでベランダに出て見ると、目の前の欅が電動ノコギリで切断されている。余りにも思いがけない出来事に、全身に震えがくるほど驚いた。中途から岐れた太い枝が、五〜六本、悲鳴を上げながら、芝生に落ちてゆくのに、そう長い時間はかからなかった。私は「これは欅の受難だ」とつぶやいた。

まっ白なその切り口は痛々しくて見るに忍びない。冷たい秋雨の降る日や、雪の日には毛糸の帽子でも、被せたいような衝動にかられた。姿の美しいこの木には、四季折々に楽しませてもらった。大空に向かって、放射状に伸びる細い枝は、微風にも敏感にゆれる。朝起きて今日の風模様をみるにはこの木が一番だった。

それから二年余りの月日が流れて、傷口もすっかり癒えた頃、逞しい生命力を持つ欅は切り口から夥しい数の枝をだし始めた。毎日見ていると日々生長しているのが分かる。私はつぶやいた。「あまり伸びるとまた日照問題をおこすから気をつけて」と。

その矢先のこと、リスがやって来て、新しい枝を食べ始めた。隣に立つコナラや桜には、何の異変も無いのに、欅の枝だけ白い木の膚を見せている。又しても受難だ。可哀想な欅。リス君食べるのはもうこの位にしておいて。

母子草

芝生では、春の訪れを待ち兼ねた草花が次々と顔を出し始めた。母子草も間もなくその姿を見せる筈だ。淡い黄色の地味なこの草はあまり目立たないけれど、花も葉も茎もやわらかい綿毛で覆われて、その名前にふさわしい趣を持っている。

戦時中、タイトルが「母子草」という映画が製作された（監督、田坂具隆（ともたか）。主演、風見章子）。父親が軍隊に取られた為に、母と娘が協力して弟を学校に上げるという、娘の健気さを描いた戦時下らしいストーリーの映画だ。

田坂監督と舎監のA先生が旧知の間柄であった為に、私達の学校でロケーションが行われた。一緒に走り巾跳びをしたり、トラックを走ったりさせられた。また土曜日の午後には、撮影所の車が迎えに来て、京都太秦撮影所に行き、エキストラとして何度か使われた。風見さんは二〜三才年上なので、同じ制服を着てみんなの中に混じると全く見分けがつかなかったが、ちょっとした身のこなしや表情に、流石はプロだと感心して、その美しい顔をつくづく眺めていた。

今、記念として全員で撮った写真を見ると、風見さんと二～三人の女優さんはやはり輝いてみえる。

完成後、試写会に招待されたが、授業風景や卒業式、その他色々のシーンで自分がスクリーンに映ると歓声を上げて喜んだ。あれから七十年近い年月が流れたが、道端や芝生などで母子草を見かけると、挿入歌の「暖かに、あたたかに、柔毛(むくげ)立ちけり母子草、母子草――」と思わずその一節を口ずさんでしまう。田坂監督もA先生も既にこの世の人ではないが、風見さんは美しく老いられてお達者のようだ。たまにテレビで見かけると、過ぎ去ったあの頃がとても懐かしい。

記念の日

人には誰にでも誕生日、結婚記念日の外に忘れ難い日がある。

(昭和八年八月八日)

私は小学校三年生。この年の夏休みを二人の姉と博多に住む兄の許で過ごした。関門海峡は連絡船の時代で、京都博多間は十五時間位を要した。長旅に疲れたことを覚えている。姉達は家事の手伝いなどしていたが、私はひたすら遊んだ。初めて海で泳いだのもこの夏のこと。そのうち八月八日がやってきた。その日みんなで阿蘇山に登った。早朝に家を出たこと、放牧された牛馬が悠々と草を喰べていたこと、下山した直後に白い噴煙が上ったこと、駅の売店の冷たいラムネの美味しかったこと。これ位の記憶しか無いが八の字が三ッ並んだ昭和八年八月八日は生涯忘れないと思う。

(平成十年十月十日)

京都に住む友人の智江さんと文代さんが遊びに来るという。私は嬉しくて早速鎌倉材木座の海岸近くに宿をとった。一日目は観光バスを利用した。二日目の十月十日は中華街で昼食を取ろうと石川町駅前方面から向かった。ところが中華街は人で埋まっていて、到底目当ての店へなど行ける状態ではない。この年の秋は、横浜ベイスターズが優勝して、街は祝賀ムードで湧いていた。その上、当日は「体育の日」で休日であった。三人は辛うじて中華街入口近くの店で食事することが出来た。元町では洒落た喫茶店でお茶をして早めに宿に引き上げた。

夕食までに間があったので海辺に出た。折しも夕日が沈もうとしている。凪いだ海は金色に輝き真っ赤に染まった空には黄色、橙色、水色を絵筆で刷(は)いた様な美しい雲がたなびいている。華麗というか神秘的というか、ふと西方浄土を連想させる。刻々と変化してゆく空を見上げながら私は云った「シルエットの富士山が見える筈だけど、稲村ヶ崎に遮られて残念」と。すると智江さんが歌いだした。「七里ヶ浜の磯づたい…」文代さんと私もその後に続いた「稲村ヶ崎名将の剣投ぜし古戦場…」と。空は次第にうす紫色に変り海辺は人影も疎らになった。

毎年十月十日が巡って来ると互いに連絡し合って旧交を温めている。

白いベンチにて

私の散歩コースに、真っ白いベンチのある好きな一角があります。桜の枝が程よく伸びて、緑の木陰を作っています。そっとベンチに腰を下ろしてみますと、足許に敷きつめられた芝生が、靴の裏にやさしく感じられます。右前には手入れされた花壇があり、スカシユリの鮮やかなオレンジ色が目に滲みます。

風がそよぎますと、前にある階段の石の壁に桜の枝や葉の影が、ゆれ動き、まるで影絵を見ているようです。まだ子供たちの姿は見えなくて、静かな団地内は微(かす)かな音もよく響きます。頭上で鶯が啼きました。笹鳴きの頃と違って、今では自信たっぷりにキェキョキェキョと、五回も六回も繰返します。見上げてみましたがその姿は見えなくて、さくらんぼが葉の間から顔をのぞかせ、太陽にキラキラ輝いています。

何という贅沢な憩いの一時でしょう。ふと頭の中を過(よぎ)ったことがあります。

以前、六桜会の人達と蓼科高原に遊んだ時のことです。シーズンオフの高原は閑散としていて、洒落たカフェも扉を固く閉じて中庭に真っ白い椅子が二〜三脚、無雑作に投げ出されていました。その上に枯葉がはらはら散っている様には、そこはかとない侘しさを感じたものです。その時同行した人達は、既に当地を去られたり、鬼籍に入られたりして、今では思い出を語る人もいませんが、団地の白いベンチから遠い昔に見た何気ない光景が、まざまざと蘇ってきました。山茶花、椿、桜、と次々に咲いて美しく団地を彩ってくれましたが紫陽花、夾竹桃を最後に暫くの間は濃い緑に包まれます。

友人から「綺麗な団地ですね」とよく褒められますが、これも一重に常日頃、美化に御尽力下さる方々のお陰と何時も感謝しています。

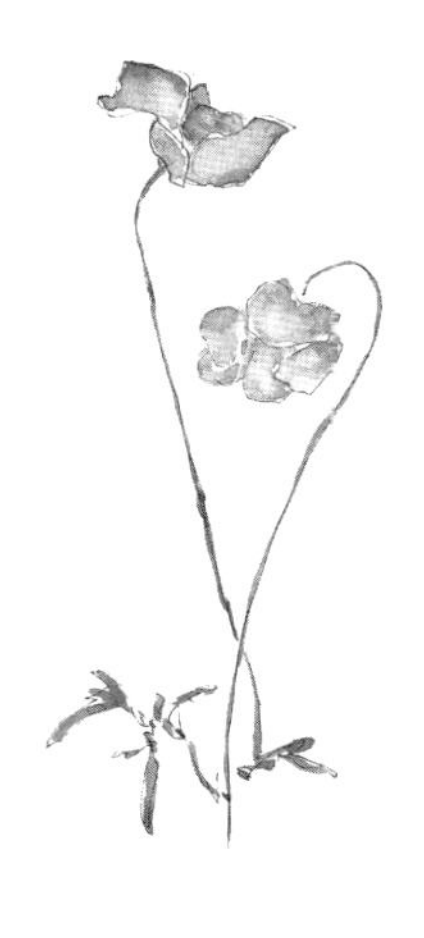

白い蝶

先日、梅雨の晴間にお墓参りをしました。お墓は北鎌倉駅に程近いところにあり、二時間もあれば往復出来ます。

墓地内は人影も無くひっそりとしています。唯、山が迫っている為に野鳥が多く、今日も老鶯の声が響き渡っています。

早速、娘は二基のお墓を洗い始め、私は四本の花立てを水屋の水道の下に運びます。手桶と柄杓を整然と並べた水屋は何時も清潔です。すぐ脇に石楠花の木があり春にはうすいピンクの花を咲かせます。その根元の藪茗荷は今、白い花をつけています。この湿った場所を好むらしく何時も生々しています。

屈み込んで汚れたステンレス製の花立てをゴシゴシ洗っていますと、白い蝶がひらひらと飛んで来て、一回りすると目の前の濡れた小石にそっと止まり羽を閉じました。人を避けることも無く、こんなに近寄ってくるのはよほど喉が渇いているらしく、少々水が跳ねても一向に平気です。暫くすると満足したらしく、静かに羽を広げて飛び去りました。その後も私は二本三本と洗い続けながら「孫が就職したこと、息子が異例の昇進をしたこと等々」今日報告することを考えていました。すると先程の蝶が又飛んで来て、前とほぼ同じ位置の小石に止まり羽を閉じました。一度ならず二度までも同じ場所に来て止まるとはちょっと不思議に思いましたので、今度はなるべく水を飛ばさないようにして横目で観察していますと、じっと私を見ているように思えます。その頃から私は、この蝶に何か霊気を感じ始めました。ことによると夫の化身かもしれない、今日告げる筈の朗報を早々に察知して、喜びの余り蝶になって飛んできたのかも知れない。これらはあくまで私の推測に過ぎませんが、不思議なことに出会ったことだけは事実です。美しくなった墓前に立った時、私は娘に事の始終を告げました。「その蝶はお父さんだったと思う」娘は即座に答えました。二人は空を見上げて蝶の姿を探しましたが、山に向かって飛び交う二羽の鳥が目に入るだけでした。

露草

夏、散歩をしていると道端に露草を見かけることがある。さわやかな瑠璃（るり）色は、目も覚めるばかりに美しい。華麗さはないが心ひかれる花だ。この露草が毎年私の家ではプランターいっぱいに咲くのである。夏の朝、目覚めての楽しみはこの花を見ることだ。

七月に入ると拇指（ぼし）の爪位の小さな鞘（さや）が開いて、中から花が咲き始める。初めはその花数をかぞえているが、四十～五十と咲き出すともう数え切れない。朝日に映える様は美しくて、朝の忙しさも忘れて見入ってしまう。腰をかがめてよく見ると、非常に贅沢でお洒落な花である。六本あるおしべのうち二本は長く前に突き出し、四本は後ろの方で短く、極めて小さい黄色の花をつけている。役に立つのは前の二本のみであとはアクセサリーだ。青い花びらと黄色の取り合わせは、絶妙で造形の神の美的感覚に恐れ入る。

正午近くになると花は萎え始め、おしべはめしべを巻き込む様にしながら閉じてしまう。四日～五日するとめしべの元に、種を蓄えた小さな玉が出来る。ひとつの鞘から二度花が咲くから、二つの玉が種の成熟を待つことになる。

時々花に顔を寄せてみるが全く無臭である。それは自花受粉であるため虫たちを呼び寄せる必要が無いからだ。

やがて夏雲にも翳りが見えて、太陽の光線も衰え始めると花の色は日増しに濃く、その数も益々多くなり美しさの絶頂を迎える。その間成熟した種は自然に弾けて飛び散る。

十月に入ると私は早々に刈り取る。すると地中にあったフリージアの球根が芽を出し始めている。春フリージアが咲き終わると昨年の夏にこぼれた露草の種が芽を出す。

この繰返しで何の手間もかけずに毎年露草とフリージアを楽しんでいる。

梅干弁当

我が家の食卓には常に梅干の入った蓋物が出ている。家族は好んで大粒のものを平気で平げる。しかし私は箸をつけたことがない。

その理由はどう考えても、遠い昔の梅干弁当が今も尾を引いているような気がする。

五年間過ごした寄宿舎の食堂の賄い人（まかないびと）は、料理の腕が達者で食事は何時もおいしかった。とりわけ牛肉を生姜の味でカラリといためたものや、魚の煮付けなどは私の大好物で、今でも舌がその味を覚えている。

私共の学校では年に四～五回は遠足、社会見学、鍛練などお弁当持参で出掛けることがある。出発の朝に調理室に行くと、テーブルにゴワゴワの竹の皮に無雑作に包まれたお弁当が並んでいる。ひとつ取り上げると、ずっしりと重くまだ生温かい。これを各自ハンカチに包んで出掛けるのである。

遠足の楽しみはやはり昼食時で、仲良しグループに分れてお弁当を開く。

竹の皮の包みを開いてみると、大きな三角おにぎりが二ヶと厚切りのタクワンが四切れ入っているだけだ。自宅通学生のお弁当は、玉子焼きやかまぼこが美しく並び、また巻き寿司の人もいて如何にも美味しそうだ。それに比べて寮生のは惨めなことこの上もなく、昼食の喜びなど微塵も湧かない。

ひと口ほおばると中から塩分の濃い大きな梅干が出て来て口中に酸味が広がる。御飯は紫蘇の色で赤く染まっている。タクワンも梅干同様塩辛い。それでも二ヶ食べると空腹は満たされ、又通学生からのおすそ分けなどもあり、心は次第にほぐれて楽しくなってくる。

私は卒業間際になって梅干弁当について意外なことを聞いた。昭和の初期、皇太后陛下（貞明皇后）が学校に行啓になるという直前に、弁当中毒事件をおこし大騒動になったとのこと。それ以後現在のお弁当になったらしい。

つい先頃、丹後出身の友人と昔話をした。友人曰く「お弁当のおにぎりは塩加減もよくて美味しかった」と。私は唖然として暫くは、言葉も出なかった。

古きよき時代

秋日和の休日の朝、洛北大原へのハイキングに誘われた。誘った人は最近赴任してこられた体育の若い女の先生だ。まだ独身の先生は何時も食事は寄宿舎でされていた。突然の誘いでも、化粧は禁止、外出時は制服着用、その上弁当なし。仕度に時間は要しない。智江さん文代さんも誘って四人は早速出発した。

京都の南の端、伏見から北の端までゆくのだからかなり遠い。

山ふところに包まれた大原の里は今、秋の色一色に染まっている。農家の石垣には、赤白黄色の小菊が咲き乱れ、広い庭には栗、豆など秋の収穫が筵（むしろ）一ぱいに広げられて、秋の日射しを浴びている。既に日中戦争に突入している時代なのに、戦争の気配など微塵も感じさせない長閑（のどか）さだ。

目的は寂光院。色づいた落葉が散る石段を上り門を潜ると、木々の間に隠れるようにひっそり建つ寺は如何にも尼寺らしい。参拝した後、庭を散策していると庵主様に呼びとめられた。参拝のお礼を述べられたあと、四人はお寺の一室に招き入れられた。「今日は建礼門院様の御命日にあたり五目寿司を作りました。御供養ですのでどうぞ召上がって下さい」と思いもかけないおもてなしに与かった。平家滅亡後その一族の菩提を弔う為に生涯を捧げた門院の話、現在の大原女の姿は、門院の側に仕えた女性達が、野良仕事をする時の服装が今に伝わっているとのこと。又後白河上皇の「大原御幸」の話等々。おすしをいただきながら、まるで別世界にいるような気持ちでお話に聞き入った。三千院にも足を伸ばし、帰るためにバス停に戻ったが、バス待つ人の多さに驚いて八瀬駅まで歩くことになった。満員のバスが何台も私達を追い抜いて行った。

帰り着いた時には既に門限を過ぎていた。私たち三人はお説教覚悟で舎監の前にかしこまったが、幸い先生のお陰で事無きを得た。嬉しかった。先年、寂光院は心ない人の手で放火され全焼した。その後、再建されたが私の瞼の奥にあるお寺はもう消え失せた。

当然のことながら、思い出すだけで胸がふるえるような古きよき時代はもう二度と戻って来ない。八十五才老婆の感傷。

鵜の瀬のお水送り

春の訪れを告げる奈良東大寺二月堂のお水取り三月十二日が間もなくやってきます。

お水取りの神事については全国的にも有名で、その夜は大松明の火の粉を浴びて、一年の無病息災を願う人が大勢参集します。しかし三月二日、福井県遠敷郡（現在小浜市）鵜の瀬で行われるお水送りの神事については知る人が少ないようです。

父の故郷は若狭の遠敷郡です。菩提寺、両親始め先祖の墓もこの地にあり、子供の頃からつい先頃まで、法事や墓参に数え切れない程訪れています。言わば第二のふるさとです。

天平の頃、東大寺では、二月堂が建立されて、修二会を開き全国の神々を招きました。その時、遠敷明神は漁に夢中になり遅刻をしました。そのお詫びにと以後お水取りに使用されるお香水は若狭から名水を送ることを約束しました。これがお水送りの由来です。広い田園の中を流れる三級河川にも及ばない遠敷川の水は、何時も清らかに澄んでいます。その少し上流に名水百選にも認定された鵜の瀬があります。ここがお水送りの舞台です。

お水送りの神事は三月二日午前から行われますが、クライマックスは日没後で、赤装束、白装束の僧侶、山伏姿の行者が大松明をかざして、火の粉をまき散らしながらねり歩きます。鵜の瀬では大護摩が焚かれ、白装束の神宮寺（神仏混交の寺）の神職が祝詞を高らかに読み上げます。終ると竹筒から鵜の瀬の名水を遠敷川に注ぎます。この水は地下を潜って十日をかけて奈良二月堂にある若狭井にとどきます。そして三月十二日、若狭井から汲み上げられた鵜の瀬の名水は、お香水としてお水取りの神事に重要な役割を果たします。

信じ難い伝説ですが、この神事は千二百五十年余り続いて今日に至っています。私は今、遠敷川の水面のきらめきや二月堂の由緒ある若狭井を彷彿とさせています。

芝生の歴史

立春も過ぎて、季節は三寒四温を繰返しながら、春に向かってゆっくり移ってゆきます。

陽ざしの暖かい日に前の芝生に入ってみますと、気のせいか、靴うらに当る土の感触が少しやわらかくなったようです。かがんでみますと早、みずみずしい緑色が枯芝の間に輝いています。

この時期、気になることは、今年芝生を占めるメーンの草のことです。冬の終りに散布される芽土に混じっている種によって芽生える草花が年毎に違うからです。昨年はネジバナ。ピンクの花が螺旋状につく珍しい草花です。別名もじずり。百人一首「陸奥(みちのく)のしのぶもぢずり誰ゆえに……」はこの花のことです。

一昨年はスミレ。濃い紫、うす紫、白色の花が所せましと咲く様は床しくて、そっと口ずさむのは宝塚の名歌「スミレの花咲く頃、初めて君を知りぬ……」。年甲斐もなくロマンチックな気分になります。

その前年はニワゼキショウ。一輪見るとピンクの小さく可憐な花ですが、芝生一面を覆って風にそよぐ様はとても美しいです。その前年はハルジオン。その前々年はヨーロッパ原産のシロツメクサ。昔ヨーロッパではガラス製品の輸出の際に、乾燥させたものをその間に詰め込んだところから出た名前らしいです。子供の頃白れんげと云って首飾りを作って遊びました。その前はすすき科のチガヤ。次はヒメヤブラン。

もうこの位の記憶しかありません。近いうちに黒々とした土が芝生に搬入されることでしょう。今年はどんな草花が見られるのか楽しみです。

注　このエッセイを書き終えたころに、今年は芽土を入れないとの情報が入りました。するとこの春には芝生にどんな花が芽を出すのでしょう。

別れ

三月は別れの季節である。

長い間親しく交際していた友人のKさんが突然訪ねて来て、来週福島に転居するという。「青天の霹靂（へきれき）」とはこのこと、私は唖然として言葉を失った。そういえば今年になってから連絡を取り合ってなかったことに気がついた。

Kさんの話を聞くと、同居している御子息が定年退職を機に農業に専心したいと云い出したとのこと。エンジニアの御子息は以前から家庭菜園の趣味とのことは知っていたが、まさかここまでくるとは予想もしなかった。

「貴女だけでも残ることは出来ないの」と私。「それも考えたがやはり息子の世話をしてやりたいから」とKさん。親としての心情のよく分かる私はもう何も云えない。

Kさんは極めて聡明で健康で足腰は頑強であるため、どんな土地にも直ぐに適応出来る人であると私は信じているが、八十才も半ばになり温暖な気候のこの土地から寒い北のくに、それも見ず知らずの農村へ、移住とはどう考えても可哀想でたまらない。

気丈なKさんの口から弱音や不安、心細さらしきものが全く出て来ないのに感心するが、その辛さは察せられる。

Kさんとは趣味や好奇心の対象が似ていて、その上多分に野次馬的なところがあった。地元は勿論のこと鎌倉、逗子、三浦半島、遠くは千葉、日光へと歩き廻った。思い出話をしていると時の過ぎるのも忘れてしまう。三時間ほど過ぎたころまだ用事が残っているからといとまを告げられた。お別れの挨拶は「もうこれが最後かも知れないね。年賀状が届かなくなったらこの世に居ないと思ってね」と。

八十六才と八十四才の老婆のお別れの言葉の何と淋しくて悲しいこと。手を固く取り合ってから帰ってゆかれた。お土産の手作りの美しいお手玉を眺めているとKさんが思い出されて、転居直後の福島地震の被害なかったかしら、寒くはないかしら、と気にかかる昨今である。

小さなワイシャツ店

娘の家へのゆき帰りに国道十六号線を通る。国道沿いには昔ながらの小さな店が軒を連ねている。その中に確か能見台辺りに、ちょっと目に止まった店がある。間口は極狭く、ウインドーにワイシャツが四～五枚吊るしてあるだけだが、照明が他の店より明るいので目についたのだと思う。私がこの店を見つけてから二十年は経つが、その以前のことは全く知らない。店内を詳しく見たいと思っても車はアッという間に通過してしまう。

場所的に見てもそう繁盛するとは思えない。とすると店主が腕のよい仕立職人で、多くの固定客を持っているのかも知れない。色々想像して店主のイメージを膨らませている。これにはモデルがいる。以前「シャツの店」というテレビドラマを観たことがある。鶴田浩二が主演して八千草薫が妻を演じていた。

ストーリーは忘れてしまったが鶴田の一枚のワイシャツにかける職人の強

い執念がよく出たドラマだったのを覚えている。狭い店先で、昼夜を問わず黙々とミシンを踏む姿、総ての工程を一人でこなし、仕上がると自ら電車に乗って注文主に届ける姿など、中年を過ぎた鶴田浩二の誠実な人柄が如実に滲(にじ)み出ていた。結局私は二人の店主をダブらせているのだ。

現在デパートにゆけば、各サイズのワイシャツが揃っていて、既製品で充分間に合うが、シャツに拘(こだわ)る人はオーダーする。テレビで観る鳩山首相のワイシャツはオーダーに違いない。「千の風になって」を歌う秋川雅史さんの、第三ボタンまで外して着るシャツもオーダーだと思う。最近娘は交通量の多い十六号線を避けるようになった為に、しばらくあの店の前を通っていない。健在だと思うが一度確かめたいと思っている。

ボルガの曳き舟人

何気なく本棚をのぞいていると、茶色の装丁で「ロシア、ソビエト国宝絵画展」と金文字で書かれた三冊のカタログが目についた。取り出してみると三冊は同じ茶色でも色合いに少々違いがあって、一九七五年、七六年、七七年と記されている。昭和五十年代のものだ。みるみる想いは三十五年前をかけ巡る。戦後、ヨーロッパの絵画は競って各美術館で紹介されたが、ロシアソビエトに関しては皆無であった。そんな頃に三越本店ギャラリーで、初めて門外不出の名画が公開されるのだから、私は興味津々で出掛けた。

地球の北に位置し、寒い国のこと故、暗い絵をイメージしていたがそれは的中した。絵のモチーフは殆ど雪景色、荒海、室内、人物で全体的に深い色調から、展示室は沈んだ雰囲気だった。そのうち思わず目をみはるような、明るい色彩の絵に出合った。「ボルガの曳き舟人」である。（レーピン作。一八七三年製作）

私の予備知識としては、ロシアの弱い太陽光線、どんより曇った空の下、労働者が重い荷舟を引いて川をさか上る陰気な絵、これ位だったが、見事に覆（くつがえ）された。展示室の広い壁面を占める横長の大きい絵（一三二×二八三）は大きさもさることながら鮮明な色使いと迫力で他の絵を圧倒している。

私は絵の前にかけ寄った。画面半分を占めるボルガ川の薄い水色とオレンジ色を帯びた黄色の砂の色との対比が美しく、画面全体に明るい印象を与えている。その中をゆく十一人の黒い固まりは極めて効果的だ。遠目には黒い集団に見える人物も間近く見ると、よく特徴をとらえ、特に顔など丁寧に描写されている。年令はまちまちだが共通しているのは粗末な衣服と逞しさだ。また素足で重い荷舟を引く労働に濃い疲労の色は隠し切れないが、ふと楽天的なものを感じるのは、大声で愉快な歌でも唄っているのかも知れない。

とに角実物は入場券の写真とは色彩的にかなり違った印象を受けた。今でも忘れられない絵だ。

大石天狗堂と信子さん

学校からの帰り道、信子さん、菊ちゃん、私の三人は、このあと信子さんの家で遊ぶことに決めた。菊ちゃんは私の家の斜め前。ランドセルを置くと二人は大急ぎで信子さんの家へ向かう。一筋違うだけなのに本町通りは、商店も多くて活気がある。家の前に立って屋根を見上げると、「大石天狗堂」と書いた、横長の大きな看板が上がっていて、真っ赤な天狗が恐ろしい顔をして私達を見下ろしている。

番頭さん丁稚（でっち）さんが忙しそうに立ち働く中、カルタの擦（す）れ合う軽やかな音を耳にしながら、二人は広い通り庭を奥へと進んでいく。坪庭にゆき当たると、ここからが住まいになっている。「こんにちは」と声をかけるとお母さんが出てこられて「こんにちは、さあお上がり」と二階を指差される。和服姿のお母さんは、やせ型で顔色はあまり良くない。子供部屋は明るく勉強机、本棚、ピアノが並びよく整頓されている。今日は人形遊びの予定で日本人形、フランス人形、着せ替え人形、調度品、衣裳など所せましと広げて遊んでいると、おやつが運ばれてくる。その後も遊びに夢中になっていると、又女中さんが上がって来て「信子さん晩御飯は何おあがりやす?」と聞く。「何でもええ」と信子さんの返事は素っ気無い。困り顔の女中さんは「ほな何か考えます」と階段を降りていく。それを機に夕方の近づいたのを知った三人は片付け始める。

帰り道私は晩御飯のことを考えると嬉しくなってくる。私の長姉は料理が得意で、当時としてはハイカラなおかずを毎日作ってくれる。洋風料理を好む私の嗜好の原点はこの辺りにあるらしい。それにつけても毎日「何おあがりやす」と聞かれる信子さんがちょっと可哀想に思えた。

大石天狗堂がカルタの老舗と知ったのは大人になってからで、当時は裕福な家という意識は全く無かった。唯、我が家の古いオルガンを弾く時だけ、あのピアノが羨ましかった。三人は別の学校に進んだ為に、卒業後殆ど会っていない。

つい最近のこと「京の老舗」という小冊子に「大石天狗堂」をみつけた。住所は三百メートル程南へ移動されている。社長の顔写真をみると面差しが、信子さんによく似ている。甥ごさんに違いない。

菊ちゃんは女学校一年の夏他界したが、信子さんは今も健在だと風の便りに聞いている。

梅二題

中世の古都鎌倉には素朴で凛とした気品を漂わすこの花が最も似つかわしいと思います。英勝寺にて。

尼寺や薄紅梅の奥まれり

取り残されて七年。手入れもしない鉢植えですが季節が巡って来ると忘れずに花をつけます。

時は過ぎ遺愛の梅のまた匂ふ

新しい生命の誕生に寄せて

さき頃、孫娘が男子を出産しました。みずみずしい生命の誕生です。

久々に新生児に接した私は総てが珍しくて、驚きと感動の毎日でした。中でも一番の感動は、やはり新生児がこの世に生を受けると同時に母親の乳房を吸い始めることとです。まだ目も見えぬのに、母親に抱かれて、その胸にしっかり頬をくっつけ母乳を呑む姿。それをじっとみつめる母親の慈愛に満ちたやさしいまなざし。眺めていますと胸の奥からこみ上げてくる感動を覚えます。この母子の姿こそ太古より現在、未来永劫、人類の存在する限り、変ることの無い母子像の原形だと思います。新生児にとっては、十ヶ月間胎内で聞いた母親のなつかしい鼓動を感じながらの至福の時なのでしょう。

生後すぐ名前を呼んでみますと、見える筈もないのに顔をそっとこちらに向けるのです。驚きました。私達は何時も、恰(あたか)も胎児がそこに居るかの如くに話しかけていましたので、私の声が記憶にあったのかも知れません。真っ赤になって泣く時でも抱き上げて、童謡などゆっくりやさしい声で唱ってやりますと、私の顔をじっと見上げて聞き入ります。その顔の可愛さ。実に仕合せな一時です。激しく泣く時、それは何かを要求している意志表示なのです。新生児といえども、早々と一人の人格を持った人間だということの証です。

生後二ヶ月で体重が二倍になったとの知らせがありました。成長の早さに驚きながら私は、「ランドセル姿見られるかしら」「中学校入学まではちょっと無理かな」と思いながらつい自分の年令を数えてしまいます。いずれにしても健康で行動力があって感性の豊かな子。優日(ゆうひ)（雄飛）の名前に恥じないような人間に育つことを心より願っています。

心に残る日

「九月十三日」は私にとって心に残る日である。

それは明治天皇の御大葬の執り行われた日である。乃木希典、静子夫妻が自刃した日。加えて娘の夫の誕生日なのだ。「明治は遠くなりにけり」の今、日露戦争にまつわる話などに興味を示す人など数少ないと思いつゝ、書くことにした。

伏見桃山御陵下にある私の母校では、明治天皇の御命日が七月三十日であるため、毎月末には御陵に参拝した。そのあと丘を少し下ったところに建つ、乃木夫妻の墓にも詣でた。日露戦争の折、明治三十七年～三十八年（一九〇四年～五年）陸軍の最後の勝敗を賭けた戦いは、二〇三高地を陥落させることにあった。我が軍は何度総攻撃をかけても山の上から撃たれてしまう。多数の戦死者を出し、国民の怒りは頂点に達し、乃木司令官は苦境に立たされた。自身の息子もこの時に戦死した。にもかかわらず攻撃を続け遂に陥落させた。凱旋はしたもの、国民の非難轟々の声に、時には身の危険を感じることもあった。乃木大将は総ての役職を辞して謹慎したいと願い出たが天皇はお許しにならなかった。そのため不本意ながら学習院院長などを務めたが、約七年後の明治四十五年（一九一二年）七月三十日天皇は崩御された。大正元年九月十三日天皇の大葬が執り行われた日、弔砲を合図に乃木希典夫妻は自刃して明治天皇に殉じた。

日露戦争後に乃木将軍と敵将ステッセルが相まみえた時の歌「水師営の会見」が発表された。今では知る人も少ないと思うが、私は時々口ずさむ。ステッセル「形正して言い出でぬ。この方面の戦闘に二子を失いたまいつる閣下の心、如何にぞと。」乃木将軍「二人の我が子それぞれに死所を得たるを喜べり。これぞ武門の面目と大将答えに力あり。」陸軍士官の二人の息子を失っても、一言の無念さも悲しみも、口に出来なかった夫妻の胸中を察すると、つい歌う声も震える。

毎年九月十三日が巡ってくると、私は「旅順開城約成りて敵の将軍ステッセル……」と歌いながら、桃山御陵の聖域のたたずまいや乃木夫妻の立派な墓を思い浮かべている。加えて北鎌倉の墓に眠る娘婿の霊に、残された家族を守り給えと、心より念じている。

昭和初期のお正月

元日の朝、目を覚ますと枕元に新しい洋服と下着類が揃えてある。着替えをして居間に入ってゆくと、神棚と仏壇には明々と燈明がともり、家の中に元日らしい清々しい空気が漂っている。洗面のあと神仏に手を合わせてから食卓の前に座る。

大きな漆器のお重には棒鱈で炊いたお煮〆。丸形の陶器の組重には数の子、ごまめ、たたきごんぼ、黒豆がぎっしり詰めて並べてある。傍らに置かれた紅白なますが美しい。

それぞれの座る位置には名前の書いた祝いの箸袋が置かれていて如何にも正月らしい。みんな揃うと「明けましておめでとうさん」と挨拶する。食事に入ると運ばれてくるのがお雑煮。白味噌仕立で丸餅の上にふんわり花かつおがふりかけてある。とろりとして少々甘いこのお雑煮こそお正月の味で、私は現在も作り続けている。昨今に比べるとつつましいものだがこれが一般的だった。

昔は晴れと褻の区別がはっきりしていて、料理もさることながら器にも心を配った。使用された重箱もお椀も若狭塗りだったと思う。取り皿も客用で青の染付けは深みがあり、唐子の絵柄が今も目にちらつく。

学校では新年の式典がある。紅白まんじゅうを貰って急いで帰宅する。直に長い袂の着物を着せてもらって羽根をつく。洋服の方が軽快のように思うが、やおら袂を持ち上げてしとやかに羽を拾う仕草は、お姫様になったような気分で嬉しかった。菊ちゃんや道子さんも着物姿で集まってくると追羽根だ。羽根音が通りに響くと、男の子のコマ廻しも始まる。羽根つきも次第に羽根を高く上げる為に屋根や雨樋に止まる。大人は梯子を持ち出して羽根を探してくれる。

私達は日が暮れて羽根が見えなくなるまで遊んだ。夜は、いろはかるたや、すごろくなどして夜の更けるのも忘れて楽しい一時を過した。今、古い記憶の糸を手繰りながら思うことは、お正月が様変わりしたことだ。しかし我が家では昔ながらの正月料理を作っている。唯、大分品数が殖え、それを囲む顔ぶれだけが変ってきた。

冬の木々

季節が秋から冬に移ると落葉樹は総ての葉を落とす。裸木になると、予想もしなかった個性的な木本来の形が現れて面白い。

五十年の樹齢を持つ桜は、武骨な枝を縦横にめぐらせてゆったりと風にゆれている。銀杏（いちょう）は鋭い枝先で天を突いている。からす山椒の唐草模様も独得で目を引く。百日紅（さるすべり）、小楢（こなら）、もみじ、などは幹に大きな瘤（こぶ）をくっつけたようで笑ってしまう。圧巻は欅（けやき）で、細くて長い枝を大空に向けて悠々と伸びている姿は遠目にもそれと判別出来る。背高ノッポのメタセコイアは横巾を気にするかのように、天ぺんまで短い枝をま横に張っている。細い蔓性（つるせい）の枝を網目のように絡ませた木の辺りは、少し靄（もや）がかかったように見える。

周囲の木々もさることながら冬枯れの山道も良い。明るく、日当たりがよく暖かい。木の葉のカーテンを取り払った山は、見晴らしがよく思わぬ発見もある。晴れた日に自室から尾根道を見上げると、青空をバックに黒々とした冬木立が浮かび上がる。それは繊細に刀を使った切絵を思わせる。夕暮れ時に枯木立越しに見る落日の荘厳さや、一番星の煌めきにも大きな感動を覚える。この冬の大発見。午前中、芝生にくっきりと裸木の影を写し出す。まるで絵を描いたよう。

一月～二月。ともすると殺風景な季節と思われ勝ちだが、この時季にしか見ることの出来ない光景や瞬間が沢山ある。絶対に見逃してはもったいない。

今、冬の木々は来るべき芽吹きの春に備えて静かに眠っている。

春隣（はるどなり）

「屋根とゆふ屋根まぶしくて春隣」　朝日俳壇投稿句の中にこの俳句を見つけた時、私は思わず感歎（かんたん）と驚きの声をあげた。それは現在私が毎日見ている目の前の景を見事に詠まれているからだ。作者は栃木県在住の女性だが多分、私とよく似た環境に住んでおられるのだと想像している。

自宅から見渡す北側の斜面は、無彩色な屋根が広がるばかりで、一本の木も見当たらず従って緑も無い。所々に窓が見えるが、極小さくて実に殺風景な眺めだ。私は時々「まるでゴーストタウンだ」とつぶやいている。しかし厳しかった長い冬の季節が、終りに近づく頃の午前中に思いがけなく脚光を浴びる。

斜面全体に太陽光線が当たり、その反射で窓ガラスや金属類がキラキラ光る。瓦屋根（かわらやね）もスレート屋根も、屋根一面がまぶしい程に輝いて、新しい生命でも吹き込まれた如く平素と違う光景を見せる。掲載句はこのような状景を詠まれたのだろう。そこでこの現象について私なりに考えてみた。「春隣」とは俳句の世界では冬の季語であって、春にはまだ遠いがその気配だけはすでに感じられる頃のこと。この季節が巡ってくると太陽の光線が、斜面に対して直角に当たるために、屋根瓦が特に光るのではないかと。太陽の運行についての知識など全く無いのが実に悔しい。秋にも同じ状態が巡ってくる筈なのに、春にのみ特別な思いでこの光景を眺めるのは、早々と五感に春の息吹を感じ、その到来を待ちわびている自分自身の心の現われではないかと思っている。

今、季節は三寒四温を繰り返しながら春に向かって近づきつつある。将に「春隣」である。

Old Black Joe

私はフォスター作曲の歌曲が好きで日頃からよく歌う。ケンタッキーの我が家、おおスザンナ、草競馬、それにオールドブラックジョーなど。みんな昔々古い木造校舎の音楽室でS先生から習ったものだ。特にオールドブラックジョーについては、アメリカ合衆国南部地方に広がる肥沃（ひよく）な大農場、そこに働く黒人奴隷の姿、燦々（さんさん）と輝く太陽。これらをイメージしながら、私達は美しいメロディを明るく軽快に歌った。唯、歌詞の内容についてまで思いは至らなかった。

しかし八十才も半ばを過ぎた頃からこの歌詞が気になり始めた。「若き日早夢と過ぎ、我が友皆世を去りて、あの世に楽しく眠り、かすかに我を呼ぶオールドブラックジョー」まるで私のことを歌っているようだ。改めて身辺を見廻すと親、兄姉、夫、夫の両親兄弟みんな逝ってしまって、現在姉夫婦と私だけが残っている。級友についても極最近のこと、新年に賀状を交換したばかりの智江さんが、一月末に急逝し、四十人の内半数が世を去った。「我も行かん早や老いたれば、かすかに我を呼ぶオールドブラックジョー」南北戦争以前、奴隷制度の厳しいアメリカ南部の地で、過酷な労働に耐えて、生涯を終えた仲間が、あの世から呼んでいるのだ。年老いた黒人ジョーの胸の内が察せられる。次第に私の歌声から元気が失せてくる。

その頃、孫よりプレゼントがあった。詩集「くじけないで」柴田トヨ著九十九才、一気に読み終えたが何の気負いもなく平易な言葉で綴った詩には年令を感じさせないみずみずしい感性が溢れている。トヨさんから大きな刺激を受けた八十七才の私は、まだまだ弱気になどなっていられない。幸い興味のあることが少し残っている。常に五感を研ぎ澄まして、些細なことにも敏感に反応する態勢を整えておかなければならない。今後オールドブラックジョーを歌う時は、若い頃のように美しいメロディーを努めて楽しく生々と歌おうと心に決めた。

ドラマ「おひさま」と私

この春から始まったNHKの朝の連続ドラマ「おひさま」は、とても興味深くて欠かさずに観ている。ドラマの時代は、日本が戦時体制に突入してゆく頃、登場人物は私と同じ年頃、その上、信州安曇野は何度も訪れた地、等々自分と重なる部分が多くて、自然に古い思い出が蘇ってくる。

文代さん、智江さん、私の三人グループは寄宿舎での部屋が近くて親しくなった。

何をするにも何処に行くにも一緒だったのはドラマと全く同じ。ドラマの英語の先生のニックネーム「オクトパス」蛸は上出来だ。私達も先生によくニックネームをつけた。長いしゃくれ顎の先生に「花王石鹸」。書物を胸のあたりに抱えて廊下をゆっくり歩かれる男の先生には「お召列車」。若草色がお好きでスーツも帽子も同色の先生には「雨蛙」と。

ドラマでは学校帰りに校則を破って飴屋に入るが、私達は大手筋へゆく。

かつての伏見城大手門前通りの商店街だ。目当てはぜんざい屋。周囲をよく見回してからそっと入る。その時のスリルは今でも覚えている。ところがある日、英語の女の先生が子供さんと入ってこられた。小さな店のこと故、直ぐに顔が合った。万事休す。三人は立ち上がり頭を下げると先生は軽く目礼をされた。お碗の残りを大急ぎで食べ終えると、今度は先生の前で最敬礼をして、逃げるように店をとび出した。次の英語の時間が心配だったが何事も無く過ぎた。見逃して下さった先生には今でも感謝している。

そのころ、文代さんの兄上も丹後から上京して、京都の学校におられて時々面会に来られる。「西村文代さん御面会です」寄宿舎内にアナウンスが流れると急いで玄関に出てみる。学生帽にマントを羽織り下駄履き。ドラマの旧制松本高校の学生と同じ姿。胸が苦しくなる位格好よくて憧れたものだ。玄関脇の応接室の窓ガラスは透明で室内がよく見える。その為か玄関あたりは何時になく人のゆき来が多くなる。みんな異性に興味を抱く年頃だったのだ。

ドラマにはトイレ掃除のシーンがよく出る。学校ではクラス専用のトイレを使用したので（寄宿舎でも）私達は競って磨いた。床の木目（もくめ）など浮き出してピカピカ光っている。御不浄ではなく最も清浄なところだった。現在、女子校でもトイレ掃除は業者任せだという。不思議なことだと私は思っている。昨今「トイレの神様」という歌が巷に流れている。歌詞の内容はトイレの常識を祖母が孫娘に教えたもので私などにすれば特別のことではない。しかし共感する人が多くてヒットした。嬉しいことだ。三人はそれぞれの道を歩んで七十年近い年月が流れた。残念なことに智江さんは一月に急逝した。そろそろ淡路島在住の文代さんから「くぎ煮」が届く頃だ。

ドラマはこれから太平洋戦争に突入してゆくのだが、その展開が楽しみだ。

おばあちゃん先生

名前は『関口久能先生』しかし私達生徒は『おばあちゃん』と渾名で呼んでいた。やせ型で背が低く顔は小さくて少々色が黒い。化粧気はなし。髪はひっつめて小さなまげがついている。常に地味な和服に濃紺の袴を胸高に付けた姿は、どう見ても美的要素に欠ける。しかし凛として自ずから身に備わった気品と美しい言葉づかいと所作に、私達は畏敬の念を抱いていた。噂によると、京都の宮家に長く出仕し、その間ロマンスなどもあり、独身を通されたとのこと。

卒業して十年余り後、私は京都から東京に移り住んでいたが、ある日同窓会から一冊の本が送られて来た。『関口久能、喜寿記念句集、浄智寺谷』とある。懐かしい思いはあったが子育ての最中、タイトルの読み方も分からない。少々頁を繰っただけで本棚に入った。

それから又長い年月が流れて、私は東京から六浦に居を移した。鎌倉が近くなった為に足しげく史跡や寺院を巡るようになった。当然北鎌倉にも足を延ばして、訪れたのが鎌倉五山第四位の古刹浄智寺である。その頃鎌倉では谷のことを「谷」とか「谷戸」とよぶことを知った。句集浄智寺谷が頭に蘇ったのがこの時だ。

取り出して再び開くと、題字と序文は円覚寺管長の朝比奈宗源。略歴には静岡県出身、祖父は初代静岡県知事、父は著名な教育者、母は茶道の家元第八世、兄は文筆家、叔父は広辞苑の編集者で文化勲章受章者。本人は京都の宮家で長らく姫宮の養育に当るが御結婚を機に退出して女学校の教諭に戻る。退職後は昭和初期から兄の住居であった浄智寺谷で独居生活。

私はひと息に句集を読み終えた。詠まれた句は主に鎌倉で、京都や旅先のものもある。四季折々の谷の自然とその中での生活が素直に淡々と詠まれているが、全体に流れるものは唯々清雅であって、おばあちゃんの人柄が如実に滲み出ている。句に感動した私は谷を訪れたが折悪しく不在であった。ひと山を背にして建つ家は庇が深く、寺を思わせる趣を持っていた。その後米寿記念に『続浄智寺谷』も出版されたが、間もなく老人ホームに入居された。

好きな句を少し紹介します。

春らんまん五山の一つ埋めたり

鎌倉は響き合うなり除夜の鐘

深庇咲く山藤を居ながらに

庭の芹(せり)摘みてこと足る夕餉かな

萩の風怠りがちの筆をとる

——関口久能喜寿記念句集

『浄智寺谷』より——

海と桃

今年もまた海の恋しい夏がやって来た。

女学生の頃、夏休みに入ると一週間の臨海学校が開かれた。二度の参加の思い出は今も鮮明だ。場所は京都の北部、丹後半島のつけ根あたりの丹後湊（たんごみなと）で、日本海に面し、白い砂浜が続く長閑（のどか）な村だ。宿舎はこの海辺に建つ小さな小学校だった。

ここでは常日頃、厳格な先生方のお顔もゆるみ、私達も心身共に解放されて楽しんだ。午前と午後海に入る。内海のため波は穏やかで、その上透明度は高い。犬かき組は泳ぎの特訓を受ける。親切な指導に加えて海水の強い浮力に助けられ習得は早く、帰る頃には全員が泳げるようになる。遊びの日もあり波乗りや、ドッチボールも面白かった。

また夕食後浜辺に出て落日を眺めながら（宝塚愛唱歌）「夕日海に沈みて、黄昏（たそがれ）迫りくる頃、ここに我独り立ち、遠き君を思う……」と情感たっぷりに歌いロマンチックな気分に浸った。
ここは桃の産地で食後によく出されたがお腹をこわすからと何時も少量で物足りない。そこで私達は内緒で買出しに行き、部屋の戸棚に並べて隠しておく。時々先生の見回りがある。情報が入ると「空襲警報」と伝令が走るので大急ぎ戸棚を閉める。部屋には桃の香りが充満していた筈なのに一度も発見されなかったのは多分、先生の温情に他ならないと今になって思う。

午後海から戻ると文代さん、智江さん、私の三人は桃を持ってそっと校庭にあるネムの木陰に向かう。海風が吹き、ピンクの花が揺れる木の根元に腰を下ろす。水蜜桃の皮は手でも簡単にむける。クリーム色の大きな桃をひとくち頬ばると、蕩ける様な食感と口中に広がる甘い果汁、その滴りに三人は口も利けない。こうして毎日涼しい木陰に通った。年月が流れ昭和四十六年、思い出の地でクラス会があった。私は当時高校生だった娘を連れて参加した。目的はあの水蜜桃を食べさせたかったのだ。思いは的中して今でも桃の出回る季節が来ると、あの丹後湊の青い海と美味しかった桃の話に花が咲く。

京のわらじや

京都人の私は「京都の美味しい店を教えて」とよく聞かれる。そんな時には即座に「わらじやのうぞうすい」と答える。

子供の頃の遊び場は現在の京都国立博物館、豊国神社の境内、その裏に建つ方広寺の〝国家安康〟の文字を刻んだ有名な大梵鐘の廻りなどで、歴史的に見て随分贅沢なところだったと今思う。その辺り、東山の七条通りに黒い板塀を巡らして狭い入口に〝わらじや〟と書いた小さな木の看板と大きなわらじをぶら下げた家があった。しかし、始終通るのに全く関心が無く、唯〝わらじや〟の名前と大わらじだけが記憶に残った。

幾年月が流れて私は横浜に居た。世はグルメ時代を迎え各地の名店、名物を紹介する小冊子が発行されるようになった。その中に〝わらじや〟を見つけた。三十三間堂の斜向い。創業から四百年。料理はう鍋とぞうすい。秀吉が草鞋を脱いで一服したのが店名の由来とのこと。みるみる私の記憶は蘇り、今度帰京した時に必ず立ち寄ろうと心に決めた。機会は意外に早くやって来た。

桜には少し早い頃の日暮れ時、娘とその店の前に立った。歴史を感じさせる店構えは昔のまゝ。

暖簾をくぐり中庭を通って案内されたのは古びた茶室。照明を極力落とし片隅には行灯のほのかなあかり、心地良い暖かさ。嵯峨野の散策に疲れた二人は蘇生の思いで手足を延した。やがて運ばれて来た抹茶と菓子に一息入れる。続いて、つき出しの煮物、酢のもの、揚げ物が並ぶ。凝った料理や器を目の前にして私は以前読んだ「陰翳礼讃」（谷崎潤一郎著）を思い出していた。嘗てわらじやのこの茶室で食事をされた時のことを書かれたもので、「日本文化は概ね陰影の下にあってこそ真の美を最大に発揮する」という内容だ。

改めて室内を眺めると黒光りする床柱や天井、漆器の光沢、器と料理の色彩等みんな独得の美しさを醸し出し著者の真意を納得する。

間もなく〝う鍋〟だ。鉄鍋を使用して具は鰻の皮を剥ぎ、中骨をくり抜き、白焼きにして、ぶつ切りにしたもの、九条ねぎ、麩、春雨など。スープは酒をベースにしたもので淡白ながら、えも言われぬこくのある深い味だ。粉山椒がよく合う。いよいよメーンのうぞうすい（おじや）。

年季の入った土鍋に開き鰻の白焼き、人参、ごぼう、しいたけ、餅、御飯を卵でとじて三つ葉を散らす。総ての材料が融合して作り出す味は絶妙でう鍋とはまるで違う。鰻を使用しながらこの淡白さは実に不思議だ。いつの頃だったか店主がテレビに出演していた。「東京にも出店されては」との問いに「伝統の味や骨抜きの秘伝など守り通せるか心配でよう出しません」と答えた。その時思わず私はつぶやいた。「その考えに賛成」と。

巨峰

昭和四十五年、九月中旬のこと友人四人で信濃路を旅した。千曲川の流れに沿い右に浅間山を眺めつゝ、佐久小諸を経て別所温泉に向かって車を走らせた。東京の残暑などまるで嘘のように信州の空は澄み、はや秋の風が吹いていた。目的の別所温泉に一泊して翌日は上田に入り戦国の武将真田氏縁(ゆかり)の史跡を巡った。帰路についた時、突然友人の伯父上が営むぶどう園に立ち寄ることになった。

なだらかな丘を登ると日当たりの良い台地にぶどうのハウスが数多く並んでいた。その中の一つに入ってみた。甲州ぶどう、デラウエア、甲斐路、マスカットなどそれぞれの棚に白い粉をふいた見事な房が垂れ下がっている。それだけでも圧巻なのに、上部から太陽光線を受けたぶどうの房はうす紫、うすグリーンなど半透明の色に輝き、ハウス内は幻想的な美しさに満ちている。その時、光を通さない濃い紫の重そうな房が目に入り、近寄ってみた。

粒はまるでピンポン球のようだ（そのように感じた）。その下に転がっている一粒を拾って皮をむいてみると中身は輝く大きなエメラルドだ。口に入れると甘い果汁となめらかな果肉が口の中に広がる。初めて出会った大きくて美味しいぶどうだ。名前を聞くと巨峰といって東京の高級料亭に卸すとのこと。お土産に一房ずついただいた。

間も無く高野（たかの）や千疋屋（せんびきや）などで立派な箱入りの巨峰を見かけるようになったが高価で手も出なかった。その内近所の八百屋の店先に簡単な箱入りで売られるようになった。私は期待しつつ求めたがあの巨峰と全然違う。そのうちに高級感を失った巨峰は皿盛りで店先に並ぶようになった。最近になってふと、あの信州上田にゆけばかつての巨峰に会えるのかと思うことがある。しかし友人は既に逝き確かめる術もない。

巨峰プロフィール

正式名　「石原センテニアル」

商品名　「巨峰」中伊豆にあった研究所から毎日富士の霊峰が見えた

生みの親　大井上（おおいのうえ）　康（やすし）

二十年の試行錯誤の末、昭和十七年成功するが戦時下のため評価されず昭和二十七年没す。その後弟子達の改良により栽培が盛んになる。

生産地　一位、山梨　二位、長野
現在ぶどう生産の六割が巨峰。

現在　糖度と色と粒数に関連性があり生産者はそのバランスを考慮して栽培している。

木曽路

『木曽路はすべて山の中である』この書き出しに始まる『夜明け前』は、島崎藤村の有名な長編小説である。若い頃に読んでからその舞台となる木曽路を一度歩いてみたいという願望はずっとあった。それが叶ったのは五十才も半ばを過ぎたころである。

娘と二人で電車やバスを乗り継ぎ木曽路に入ったのは夏も終りに近づいた頃だった。

『これより木曽路』の道標に従(したが)って南木曽(なぎそ)より山中に入った。

山道の片側の谷は木曽川の源流で激しい水音をたてて流れている。檜(ひのき)、欅(けやき)、杉等におおわれた山中はうす暗く湿気を帯びた空気が漂っていて、心地よい。所々(ところどころ)谷間を明るくするのは鮮やかな朱色の節黒仙翁(ふしぐろせんのう)や萱草(かんぞう)の花だ。木立を通して見上げる空は青く、快晴だが突然くる時雨(しぐれ)に慌てることも屢々(しばしば)だ。歩けど歩けど人影は無く一抹の不安を覚える。その昔は中仙道と云って諸大名の参勤交代や旅人の往来で賑わい、又和宮様の徳川家への降嫁（こうか）の折りには馬籠宿から妻籠（つまご）宿まで、その行列が続いたという。しかし今、その面影は無い。一木一草（いちぼくいっそう）を賞（め）でながら漸（ようや）く辿（たど）りついた馬籠峠の茶店の栗おこわの味は忘れ難い。又宿場に入ってから食べた胡桃（くるみ）味噌たっぷりの五平餅も珍しくて美味しかった。

夕闇の迫るころ妻籠宿に入ったが、行灯（あんどん）に照された宿場はうす暗く、江戸の情緒が漂っている。予約した民宿を苦労して探し当て宿泊した。翌日お土産に買い求めた名産品の柘植（つげ）のお六櫛は使い込む程に艶を増し飴色になり今も手元にある。僅か一泊ではあったが記憶に残る旅であった。

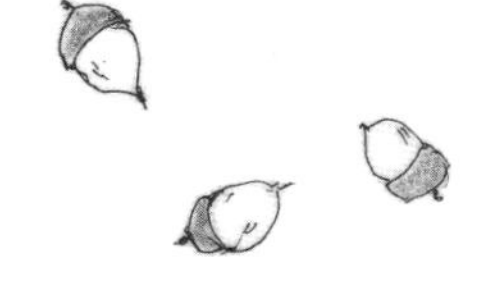

栗拾い

太平洋戦争の戦中戦後の三年余りを、洛北鞍馬山の奥深く平家伝説のある小さな山村で過ごした。四季折々の自然は美しく、涼しい夏は関西の軽井沢といわれている。都会育ちの私は見るもの聞くもの総てが珍しくて、この地での生活がこの上もなく気に入った。特に栗拾いの思い出は忘れ難い。

山には山椒の木と栗の木が多く秋になると沢山の栗が落ちる。晴れた日、てんご（藁で編んだ袋で縄ひもがついている）を腰に巻つけて、きみちゃんと山に入る。木の根のすき間、落葉の下、山道の窪みなどに目がチラチラする程栗が顔をのぞかせている。あまりの多さにワクワクしながら拾い始めるが、山栗は小粒のため大変だ。二〜三日前に落ちたものは色が濃く少々乾燥気味。今朝落ちたものは茶色も薄く光沢がある。木から木へと拾いながら移動するため時々、きみちゃんと呼び合って、居場所を確認する。てんごが重くなると日溜りに腰を下ろしてひと休みする。そんな時カラカラに乾き切った栗を探して口に入れてみると、その甘いこと生栗の美味しさを初めて知った。時々上空をB29の爆撃機が編隊を組み、銀翼を輝かせながら北の方へ去ってゆく。行く先には舞鶴軍港がある。俄かに戦争が身近に感じられる瞬間である。持ち帰った栗は早速蒸す、煎る、水に浸す等処理される。どの家でも毎日たっぷり栗の入った御飯を炊くが、栗の甘さと渋皮の醸し出す味は絶妙で色も淡いピンクで美しい。

あれから長い年月が流れた昨今、栗はイノシシの食料で拾う人などいないという。夜中に激しい風の吹いた翌朝には落ちたばかりの栗で、木の下一帯は明るく輝いて見えた。遠い日に見た光景なのに、私の脳裡には今も鮮明に焼きついている。

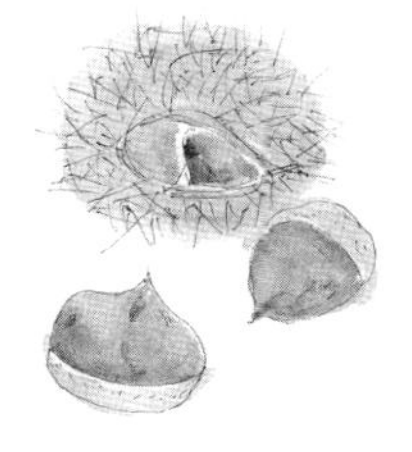

再会

「再会とは別れていたどうしがまた会うこと」と辞書にある。けれども私が再会したのは絵画である。昨年秋のこと、近代美術館葉山で川合玉堂展が開催された。私たち年代の者にとっては周知の画家で、興味深く懐かしくて早速出掛けた。

葉山の海沿いの道は、夏の賑わいなどまるで嘘の様に長閑である。通り過ぎると御用邸の手前に、海と山と空に映えて白亜の美術館が目に入る。

会場内は予想通り私と同年配と思われる人が多く、私の車椅子は自由に動ける。

明治二十三年から昭和三十二年の絶筆までの作品九十六点が展示されていて圧巻だ。しかし総てが日本画独得の淡い色調で描かれているために、各室はモノトーンに近い落着いた雰囲気だ。絵は総じて、日本の四季の自然を描いた郷愁溢れる風景で、そこには詩情が豊かに流れている。

順次鑑賞してゆくうちに再会したのが「彩雨」である。みるみる記憶は学生時代に遡る。

毎年、秋の文展鑑賞は授業の一環であった。現在の京都近代美術館に朝、昼食持参で入館して終日自由鑑賞する。絵画、彫刻、美術工芸、書の入選、佳作の作品については前日スライドで十分な説明を受けている。

「彩雨」季節は梅雨の頃で、豊かな筧（かけひ）の水が勢いよく水車に流れ落ちる景を描いたものだ。傘をさす二人の人物には雨が降っていて、あたりは朦朧（もうろう）としている。その束の間、太陽光線が射し込み林の一部を鮮やかに浮かび上がらせた。その様な一瞬が描かれている。数々ある色彩豊かな絵をよそに、十六才の私は地味ではあるが味わい深いこの絵に感銘をうけて、絵ハガキを買った。七十年前に観た「彩雨」を前にして私は感動と懐かしさに暫く見入った。やがて総ての鑑賞を終えて出口に近づいた時、娘は私の心情を察してか引き返して再び絵の前に車椅子を止めてくれた。そして昔の様に又絵ハガキを買った。現在私の住む金沢区には旧玉堂別邸があり、又この度、「彩雨」に再会して急に玉堂が身近に感じられる様になった。買い求めた絵ハガキは、小さな額に入れて毎日眺めている。

小鳥に想いを

何時ごろ、どこで聞いたのか定かでないが、凍てつきそうな冬の夜にふと思い出す詩がある。

〝山は大雪日が暮れる。雀親子の物語。
「さあ寝ましょう」と親雀。「休みましょう」と子雀が。
今夜は大分積るでしょう。雀親子の物語。山は大雪日が暮れる。〟

そして私の脳裡に浮かぶのは、ふかふかの枯草とやわらかい藁で作った巣の中で親鳥に抱かれて眠る子雀の幸せそうな姿だ。今年は例年になく厳しい寒気が日本列島を覆っている。

それにつけても毎日、部屋の前の電線に遊びに来ていた小鳥たちはこの寒空の下にどうしているのか気になる。巨木の虚にでも身を潜めているのか、民家の屋根裏にでも群れて隠れているのだろうか、土の中に穴でも掘って寒さに耐えているのだろうかと想いを巡らしてみる。

晴天の日など前の電線には雀、むく鳥、目白など色々の鳥がやってくる。集団で来て、きゅうくつそうにくっつき合って止まり、賑やかに押し合いへし合いおしくらまんじゅうをするのが目白だ。成程「目白押し」とはよく云ったものだと納得する。

突然リーダーが飛び出すと群れは間髪を入れずに後を追って視界から消え去る。小柄な雀は五～六羽で来て適当な間隔をとって止まる。動きが少ないので、まるで五線譜に音符を置いたように見えて、今にも楽しいメロディーが流れてきそう。

寒い日でも烏（からす）は何時も一羽で来る。尤（もっと）も大柄な烏（からす）が群れて来られては電線がしなって一大事だ。鋭い目つきで周囲を見回しながらかなり長い間、止まっているが獲物でも見つけると突然大空に向かって飛んでゆく。

日本海側は「節分雪中（ゆきなか）」の言葉通り大雪降りだが、ここ太平洋側には確実に春の足音が聞こえている。「春よ来い、早く来い、小鳥も早くやって来い」と口ずさみながら、電線が賑やかになる日を、心待ちにしている今日このごろである。

東京スカイツリーと私

二〇〇八年七月の着工以来、三年八ヶ月の歳月を費やして、遂に去る二月末に東京スカイツリーが完成した。

東京の大空に聳(そび)え立つツリーが、テレビに放映される度に、世界一の高さを持つこのツリーに誇りと、感動と、喜びをしみじみ感じる。私が初期の段階から完成までの長い期間中、まるで自分の子供の成長を見るような特別な思いでツリーを見続けてきたのは、やはり息子が係(かか)わっていたからだと今思う。

昨年三月十一日の東日本の大震災の時には、自分は激震に耐えながら頭の中を走ったのはツリーの安否だった。まもなく無事の情報が入った時には安堵の胸を撫で下ろした。それから一週間後に、ツリーは目標の六三四米の高さに達したのだ。

完成したとはいえ、私の心配は続く。特に大風の日には倒れや折れが、大雪の時には雪塊の落下事故が気になり心が穏やかでない。

新聞、テレビなどに出るツリーのニュースは些細なことでも素早く目と耳に飛び込んでくる。私の杞憂をよそに息子は云う。「奈良の法隆寺や薬師寺など寺社に建つ塔は創建以来一二〇〇余年の歳月を経て現在も厳然としてその威容を保っている。これを支えるのは将に太い芯柱で台風や地震時には制御システムとして機能する。何れにしても大手建設の各社が最先端技術を駆使して施工したものだ」と。私もこの辺りで心配するのは止めよう。

ライトアップされたツリーを仰ぐと、江戸で生まれた「粋」と「雅」。「鎮魂と未来」心強さが象徴されている。受け持った若いライティングデザイナーの手腕とセンスを高く評価したいと思う。五月の開業まであと僅かで夜空にブルーと紫が光り輝く日がやってくる。竣工式の日、テレビに映った息子の顔は、晴れやかに見えた。

ひと昔前のこと

極寒（ごっかん）の最中（さなか）に越前海岸を訪れたことがある。私と友人。娘とその友人。四人の間で越前がにを食べに行く話がもち上がったのだ。

朝、かなり早く出発したので昼過ぎには福井に到着した。少し足を延ばして私共の大本山と仰ぐ永平寺に立寄る。雪に覆われたお寺には参拝者もなく静寂そのもの。長い廊下を拭（ふ）き掃除する雲水の真っ赤な素足が痛々しい。

参拝後、目的地へは越前海岸を西に向かって車で約一時間走ることになる。幸い晴天で日射しは明るいが風は強い。日本海は黒々と光り、荒い波が岩にぶっつかり白い波しぶきをあげている。海沿いの土手には越前水仙が寒風に耐えながら凛々しく咲き乱れ、それを摘む絣姿の女性の姿があちらこちらに目に入る。

目的地の漁師町に入ると、家の前に置かれたドラム缶でかにを茹でる光景があちらこちらで見られて、如何にもかにの町らしい。

鄙(ひな)びた宿の夕食は、茹でがに、さしみがに、甲羅味噌、その卵、天ぷらと将にかにづくし。その珍しさと美味しさに一同大満足する。翌日お土産に特大のかにを用意してもらう。

毎年二月になると越前の海とかにを思い出し感慨にふけっている。五才も若い同行した友人は先年早世した。

さくら～さくら

「年年歳歳花相似たり
歳歳年年人同じからず」　初唐の劉希夷の詩

七十年も前に覚えた漢詩の一節であるが桜の咲く頃になるとふと頭の中に蘇ってくる。花といえば桜を指すのであって、自然は変わらないのに人の世は変りやすいという感慨をよんだものだ。年々この詩が心に重くのしかかってくるのは、やはり私が年老いたせいだと思う。

今年もまた私の周囲は満開の桜に包まれて、朝、昼、夕と表情を変えるこの花の美しさに感動している。花の中にもぐり込んだ小鳥たちは年に一度、蜜の御馳走にありついて暫くは出て来ない。五階の自宅から見渡すと自分が花の上にふわりと浮かんでいるようで、ふとその中に飛び乗りたいような、メルヘンの世界に迷いこんだような、甘くて不思議な錯覚に陥る。

この桜の木は四十年前に移り住んだ頃に比べると高さも枝の張りも倍近く

の大木になって、季節が巡ってくると当然のように花を咲かせてくれる。それに比して人間社会の変化は著しい。転居した人、天国に召された人、音信の絶えた人、自分についても、駅からの道程も長い階段も苦も無くこなしたのに、今は哀れな状態だ。満開の花を眺めていると、私などこの世を去った後々までも美しく咲き続けて、人々の目を楽しませてくれることに間違い無いと思う。

子供の頃の夜桜見物や、自身の結婚式、子供達の入学式、就職時、孫の誕生など人生の節目には何時も桜の花が咲いていた。それは総て喜びに通じる思い出だ。

間も無くこの花も雪かと見紛う花吹雪となって散ってゆく。その様もまた奇麗で風情があって見捨て難い。

ドナウ河のさざ波

私の家では今日も朝から「ドナウ河のさざ波」（イヴァノヴィッチ　一八四八年〜一九〇五年　作曲）が流れている。

大分以前から、この曲のCDが欲しくて娘に依頼していたが、横浜のデパート・楽器店を探しても見付からないという。廃盤を告げられた店もあったらしい。私は半ば諦めていたところ、先日銀座のY楽器店で、最後に残ったという一枚を手に入れてくれた。

ドナウ河（英名ではダニューブ河）は、ドイツの南西部に源を発し、オーストリア、ハンガリー、バルト諸国、ルーマニアを通過して黒海に注ぐヨーロッパ第二の大河だ。

この河をテーマにした曲は数多くある中、ヨハンシュトラウス作曲の「美しき碧きドナウ」などは現在でもニューイヤーコンサートで必ず華やかに演奏されている。それに引き換えこの美しい曲「ドナウ河のさざ波」が廃盤にまで追い込まれるとは残念で不思議なことだと思う。
その昔、私の学校の運動会では、この曲に合せて踊るのが恒例になってい
た。一年生から五年生まで全校生徒全員が体操服にブルマー姿で踊るのだ。
学校創立の早い頃から続いているこのダンスは、学校近辺でも有名になって
いて当日には大勢の見物人があった。
生徒全員が校庭いっぱいに縦や横のラインを作ったり、五つの円形を描い
たり、大小のクロスを組み合わせたり変化は激しい。様々なステップはリズ
ミカルで、ワルツの曲によく乗る。全曲の十分近くを踊り終え、盛大な拍手
に送られて退場する時の達成感は今でも昨日のことのように覚えている。ク
ラシック音楽に疎い私だが五年間踊り続けた「ドナウ河のさざ波」だけは曲
の一部を聞いただけでそれと分かる。そして自然に体がリズムをとっている。
ウインナーワルツはどの曲も大好きだが、やはり特別の思い出のある「ド
ナウ河のさざ波」が最も好きな曲だ。

とろろそば

新緑に映える箱根を女友達三人で旅したことがある。富士山をバックに芦ノ湖、大涌谷、仙石原、強羅など数多くの名所を持つ箱根は、やはり東日本一の観光地だと思う。

箱根湯本より登山電車に乗車したが、三人共空腹なのに気がつき、突如宮ノ下駅に下車した。駅前通りは食堂、喫茶店など数多く軒を並べているが、交通量の多さにゆっくり店を探してなどいられない。ふと目の前に「とろろそばあります」のはり紙が目に入った。店の前には大きな竹籠に京都丹波の自然薯が山積みしてある。そっとガラス戸を開けてみると、古びたテーブルが三～四つあるだけの極めて殺風景な店だ。思わず引き返そうとしたが「いらっしゃい」の声にそれは出来なくなった。注文を取りに来たのは手拭をかぶった老婆。意外なことの連続で少々不安を感じたが、仕方なく腰を下ろしてそばを注文した。

古い暖簾の下った調理場から擂り鉢をする音、ねぎを刻む音など聞こえてくる。老婆の外には誰もいないようだ。長い間待たされて空腹も限界に達した頃に漸くそばが運ばれてきた。予想通り年季の入った大振りの笊(ざる)に、たっぷりそばが盛られ、その上に少々茶色がかったとろろが笊(ざる)からはみ出しそうにかかっている。どう見ても美的感覚には乏しく正に田舎そばだ。空腹を抱えていた私達は早速箸を取った。一箸口に入れた途端、三人は顔を見合わせた。美味しいのだ。擂ったばかりの自然薯のとろろは風味がよく、適度のゆるさに仕上げてあるために、滑(なめ)らかで舌ざわりもよい。そばの茹で加減も上々でそばつゆの味も申し分がない。そば、とろろ、つゆが合体して口に入るとその美味しさは格別で正に絶品のとろろそばだ。同じ思いのみんなも感激のあまり口も利けなく黙々と箸を運んだ。そのあと出された番茶を啜(すす)りながら、最初店内の様子に尻込みしたことなどを悔いて、最高のそばをほめ合った。

それから二〜三年過ぎた頃に友人が車で宮ノ下駅前を通ったが、あの店は見当たらなかったという。あれはきっと老婆の道楽商売だったのだ。思わず老婆の顔とそばの味が蘇り残念に思った。その後、美しい構えの店で何度か「とろろそば」を食べる機会はあったが、箱根のそばに叶うものには出合わない。

七月に想う

古来の呼び名は「文月（ふみづき）」。七夕伝説もあり華やいだ月（つき）七月。けれども私にとっては悲しい思い出のある月である。

昭和の初期。母は幼い私を残してこの世を去った。ある夏の日、母は腹痛をおこした。単なる冷え腹だと素人判断して暖めたところ、みるみる化膿して腹膜炎になって入院したが、四日～五日で天に召された。六才の私は、毎日自動車で病院に行くのが嬉しかったこと、病室で母が氷の小片を口に入れてくれたこと、親戚の者が大勢いたこと、微（かす）かな記憶はこれ位だ。

そのころ長姉（ちょうし）は既に嫁ぎ、兄二人は博多に居た為に、母の死後は、父と二人の姉と私の四人の生活が始まった。姉は女学校を卒業したばかりだったが家事一切を任された。元来器用な人で料理、和裁、洋裁、編物など得意で完璧にこなした。姉のお陰で父を始めみんな何の不自由もなく暮らすことが出来た。

平和な年月が流れて、姉が二十五才になった時、良縁があった。以前にも幾度かあったが、私が学校を卒業するまではと断り続けて来た。しかし遂に抗し切れずに嫁ぐことになった。長い手紙が寄宿舎に居た私のところに届いた。言い知れぬ淋しさを隠して私は祝福の手紙を書いた。しかし仕合せは長く続かずに妊娠と同時に発病して結婚後二年足らずで他界した。その頃、私は丹後の海で学生最後の臨海生活を楽しんでいた。その最中に死亡の電報を受取り泣きながら一人で帰った。

七月二日は母。七月二十五日は姉。この日が巡ってくると幼い私に心を残しつつ早世した母と、薄幸の姉に想いを馳せて涙が溢れてくる。

やはり七月は私にとって悲しい思い出の月だ。

酒粕

先日の寒い日の午後、どっしり思い小包が届いた。差出人をみるとKさんからだ。Kさんとは五年間共に寄宿舎生活した仲間だ。出身地は丹後半島だが、結婚後は京都伏見に住んで酒店を営んでいる。送られてきたのはまだアルコール分を充分残した酒の粕だ。早速夕食に酒粕汁を作ることにした。私流で具には大根、人参、油あげ、仕上げに青ねぎの小口切りを散らすだけ。しかしシンプルなだけにしっかりだしをとらなければならない。お椀に注ぐと色合いが美しく食欲をそそる。

子供の頃、翌朝に温かい御飯にたっぷりかけ食べるのが好きで、学校に遅刻するのも忘れてお代わりをしたものだ。

学校の寮生活をしていた時、同室に生家が酒造りの人がいて、冬になると酒粕を送ってくる。放課後、しっかり炭をついだ火鉢を取り囲み餅網の上でそれを焼く。両面焼色がつくと銘々小皿にとって砂糖をつけ、ふうふういいながら口に入れる。アルコール分と甘さが口中にひろがって美味しいことこの上ない。

　時代は日中戦争が長引き大東亜戦争が始まり、町中から菓子類が姿を消し始めた頃である。こんなものでも美味しかったのだと思う。送られて来た酒の粕を前にしてしばらく感慨にふけった。

時雨二題

ふと気がつくと、さっきまで聞こえていた元気に遊ぶ子供たちの声がしません。日の暮にはまだ少し間があるのにと思いつつ、外を見ますと、空はうす暗くなって散り残った木の葉が濡れているようです。

音も無く道ぬらしゆく初時雨

何年か前、紅葉の美しい季節に京都の大原を訪ねたことがあります。案の定、いく度か北山時雨に出会いました。茶店には早々とストーブがたかれていて、嬉しかったのを覚えています。

茶屋を出（い）で茶屋に駆け込む時雨かな

初夏二題

五月といえば俳句の世界では、もう夏の季節です。ガラスの花瓶に清楚な花を二〜三本投げ入れますと如何にも涼しげです。

ビードロに白き花挿す五月かな

透明なガラスの器に盛って、たっぷりミルクをかけた苺を美味しそうに食べる孫娘を見ていますと、若いエネルギーがこちらにも伝わってきます。

青春の真っ只中や苺喰(は)む

新年二題

はるかに海を臨み遮るものとてない空を悠々と飛ぶ鳥のようです。

元朝や鳶大空を独り占め

生まれ故郷の味は生涯忘れ得ないものです。

八十路来て相も変らぬ京雑煮

別れ	2010年4月
小さなワイシャツ店	2010年5月
ボルガの曳(ひ)き舟人	2010年4月
大石天狗堂と信子さん	2010年6月
梅二題	2008年2月
新しい生命の誕生に寄せて	2010年7月
心に残る日	2010年9月
昭和初期のお正月	2010年12月
冬の木々	2011年1月
春隣(はるどなり)	2011年2月
Old Black Joe	2011年4月
ドラマ「おひさま」と私	2011年5月
おばあちゃん先生	2010年11月
海と桃	2011年7月
京のわらじや	2011年6月
巨峰	2011年9月
木曽路	2012年11月
栗拾い	2011年11月
再会	2012年1月
小鳥に想いを	2012年2月
東京スカイツリーと私	2012年3月
ひと昔前のこと	2013年3月
さくら〜さくら	2012年4月
ドナウ河のさざ波	2012年5月
とろろそば	2012年6月
七月に想う	2012年7月
酒粕	2013年2月
時雨二題	
初夏二題	
新年二題	

発表年月日一覧

小さな幸せ	2009年 1 月
こぼれ梅	2006年 2 月
めじろと蝉	2006年 8 月
苦学生、Y君	2007年 3 月
思い出の夏	2006年 7 月
金沢八景の夜景	2007年 2 月
神武寺道の桜	2007年 3 月
おはるさん	2007年 5 月
秋二題	
四つ葉のクローバー	2007年 8 月
蜘蛛と芋虫	2007年10月
残心	2008年 1 月
目白の贈りもの	2007年 4 月
「琵琶湖哀歌」によせて	2008年 3 月
我が家の洗濯機	2008年 4 月
芝生の草々	2008年 5 月
凌霄(のうぜん)かずら	2008年 6 月
忘れ得ぬ思い出	2008年 7 月
京言葉	2008年 9 月
嬉しい贈りもの（地球儀）	2008年11月
思い出のひと齣(こま)（昭和天皇）	2009年 2 月
鉄塔	2009年 3 月
欅(けやき)の受難	2009年 4 月
母子草	2009年 5 月
記念の日	2009年 6 月
白いベンチにて	2009年 7 月
白い蝶	2009年 8 月
露草	2009年10月
梅干弁当	2009年11月
古きよき時代	2009年12月
鵜(う)の瀬のお水送り	2010年 2 月
芝生の歴史	2010年 3 月

あとがき　人生最晩年の母の宝物

金木犀の香りが漂う頃、この本の原稿の校正をしていますと、いつも側にいて元気だった母を思い出し、涙が溢れ、仕事が捗らなくて困りました。

「七月に想う」のなかで、「七月は私にとって悲しい思い出の月だ。」と綴った、母親と姉が逝ったその月に、母も天に召されました。

二〇一三年五月の連休明けに急に息苦しさを訴え、救急車で運ばれ入院しました。毎日見舞う私に「私は幸せよ。」と毎日言ってくれました。また、孫になる私の娘にも「貴女が居たから楽しかった。」と話したそうです。そうして、入院中の病院で、七月五日の早暁に一人で八十九歳の人生を閉じました。ホスピスに転院する準備をしている最中でした。末期の胃がんとの余命宣告のあった時、近くに居ながら気づかず、手遅れだったことを悔やみ、今でもその気持ちを引きずっています。

母が居なくなって一年以上が経ちました。未だに母の持ち物等の始末や家の整理は何も出来ないままでいますが、三回忌を迎える前に、二〇〇六年二月から二〇一三年三月まで六浦台団地の六桜会が毎月発行する六桜会ニュースに投稿したエッセイなど纏めることを考えました。内容は、日々の徒然と思い出話でほぼ占められています。幸い応援してくださる方々がいて、七年間も続けて投稿することができました。母は書きたいことが次々と浮かび、楽しんで書いていたことを思い出します。

これは、八十三歳から八十九歳の人生の最晩年の母の心の中の宝物です。実際に一冊の本にすることが適い、大変うれしく思っております。

毎月、母の手書きの原稿を活字にして掲載してくださった六桜会ニュースの編集の方々といつも励ましてくださった皆様に感謝します。また、纏めるにあたり、細やなアドバイスをしてくださった銀座15番街編集長の江波戸千枝子様に心より感謝します。さらに、出版社をご紹介くださり、完成までお気にかけて頂いた鎌倉近代文学館館長の富岡幸一郎先生と、銀の鈴社の柴崎俊子様、西野真由美様、西野大介様に感謝と御礼を申しあげます。多くの皆様のお陰で、母らしい装丁の本が完成しました。素敵なイラストを描いてくださった阿見みどり様には重ねて御礼を申しあげます。

最後に、出版を快く賛同してくれた弟夫婦にも感謝します。

時はどんどん流れ、変化のうねりの中で、残された私たちも、母のように日常の小さな幸せを見つけ、心を寄せながら、年を重ねていけたらと思うこの頃です。

母の書いたものが、読んでくださった皆様のお心に少しでも届きましたらこれ以上の喜びはありません。

天国にいる母が、どのような顔をしてこの本を読んでいるか、見てみたいものです。

太宰美紀子

二〇一四年一一月吉日

藤井美代子　略歴

1924年(大正13年)４月10日　京都市下京区にて誕生
1931年(昭和６年)４月　京都市立貞教尋常小学校　入学
1937年(昭和12年)３月　京都市立貞教尋常小学校　卒業
1937年(昭和12年)４月　京都府女子師範学校附属小学校高等科　入学
1939年(昭和14年)３月　京都府女子師範学校附属小学校高等科　卒業
1939年(昭和14年)４月　京都府女子師範学校　入学
1944年(昭和19年)３月　京都府女子師範学校　卒業
1944年(昭和19年)３月　京都府愛宕郡別所国民学校　赴任
1949年(昭和24年)３月　京都市立別所小学校　退職
(愛宕郡の京都市編入により校名改称)
1951年(昭和26年)４月　藤井四郎と結婚し東京都新宿区へ転居
1953年(昭和28年)１月　長女出産
1954年(昭和29年)11月　長男出産
1972年(昭和46年)　横浜市金沢区へ転居
2013年(平成25年)７月５日　横浜南共済病院にて胃癌のため逝去
享年八十九歳

NDC360
銀鈴叢書
神奈川　銀の鈴社　2015
P140　18.8cm　　小さな幸せーこぼれ梅ー

銀鈴叢書

小さな幸せ－こぼれ梅－

二〇一五年一月二〇日初版発行
著　者――藤井美代子©
発　行――㈱銀の鈴社
〒二四八－〇〇〇五
神奈川県鎌倉市雪ノ下三－八－三三
電話　0467（61）1930
FAX0467（61）1931
http://www.ginsuzu.com
E-mail info@ginsuzu.com
発行者――柴崎　聡・西野真由美

印刷・電算印刷　製本・渋谷文泉閣